Ullstein

DAS BUCH

Drei Texte von Maurice Chappaz, entstanden in verschiedenen Abschnitten seines Lebens und in der Auseinandersetzung mit seinem Land, dem Wallis. »Die hohe Zeit des Frühlings« – das hymnische Bekenntnis eines jungen Menschen zur Natur, »Testament der oberen Rhone« – der Untergang der einzigen Zivilisation, die Chappaz für menschlich hält, der bäuerliche »Gesang von der Grande Dixence« – der Sprung von der Vorgeschichte in die neue Zeit: »Man müßte, wer weiß, Dämme bauen, wie Fra Angelico gemalt hat.«

DER AUTOR

Maurice Chappaz, geboren 1916 in Martigny. Nach abgebrochenem Studium führt er ein unruhiges Leben mit ausgedehnten Wanderungen durch die ganze Westschweiz und lebt in einer Gemeinschaft junger Menschen, Hippies vor der Zeit. Nach dem Krieg Weinbauer. Neben seiner schriftstellerischen Arbeit kämpft Chappaz sei den fünfziger Jahren gegen Umweltzerstörung durch Spekulation, Tourismus und Militär.

Maurice Chappaz

Die hohe Zeit des Frühlings
Testament der oberen Rhone
Gesang von der Grande Dixence

Aus dem Französischen von Pierre Imhasly
Mit einem Nachwort von Mürra Zabel

Ullstein

Ullstein Buchverlage GmbH & Co. KG,
Berlin
Taschenbuchnummer: 24427

Ungekürzte Ausgabe
September 1998

Umschlaggestaltung:
Theodor Bayer-Eynck
unter Verwendung des Gemäldes »Jungfrau,
Mönch und Eiger vom Beatenberg gesehen«
von Ferdinand Hodler / Archiv für Kunst und Geschichte, Berlin

Taschenbuchausgabe mit freundlicher
Genehmigung des Limmat Verlags, Zürich

Printed in Germany 1998
Gesamtherstellung:
Elsnerdruck GmbH

ISBN 3 548 24427 0

Gedruckt auf alterungsbeständigem Papier
mit chlorfrei gebleichtem Zellstoff

Die Deutsche Bibliothek – CIP-Einheitsaufnahme

Chappaz, Maurice:
Die hohe Zeit des Frühlings : Testament der oberen Rhone ; Gesang
von der Grande Dixence / Maurice Chappaz. Aus dem Franz. von
Pierre Imhasly. Mit einem Nachw. von Mürra Zabel. – Ungekürzte
Ausg. – Berlin : Ullstein, 1998
(Ullstein-Buch ; Nr. 24427)
ISBN 3-548-24427-0

Inhalt

Die hohe Zeit des Frühlings

Für Fifon

Da ich dich anbete, Rose,
hab ich mein Wort schon gebrochen;
denn aus der Schule der Falter bin ich,
und meine Anbetung gilt dem Feuer.

Sâhib von Tabriz

»Zur Sumpfdotterblume«
Der Brief

Wie ein Fernrohr verschachtelt, erbebt das ganze leichte Holzhaus bei jedem Windstoß, die Dachbalken krachen. Dann und wann stöhnen auch die Bodenbretter. An den Wänden wackeln in ihren Rahmen die kleinen Bilder mit den Straßen und dem Hafen von Bordeaux. Unter diesen Stichen ließ ich mich häuslich nieder, wohne in einer Art Kabine über der Pinte, wo sie den Schäfern Enzianschnaps ausgeben. Hingemalt neben das Wort Café ein goldener Knopf. Ein geräumiges Bullauge mein Fenster, vor der Tür hocken Säcke voller Nüsse und Buchnüsse. Noch immer nähre ich mich von diesem Schaum eines Herbstes, der lange vorüber ist.

Hundert Meter vom Haus wälzt der Doubs seine grauen Wasser. Zu erblicken ist nichts, außer dem Nebel, der einen Felsenstrauch birgt, zumindest kommt der in meiner Betrachtung vor, wie auch jene verlorenen Vögel, die, seidenen Fetischen gleich, über die zugefrorenen Sümpfe fliegen. Im Sessel aus rosa Damast wickle ich mich in meine Bettdecke, neben dem Ofen, der leider kalt ist. Doch warum leider? Das ist wohl unser Geschick, von Zeit zu Zeit, jenes von P. und von R.-P. und aller anderen Jünger der Ketzermeister. Auf dem Dach das Graupeln von aufschlagenden Kastanien, die Regenschauer. Frühling will's werden, und ich schaue zu, wie, Schmetterlingen gleich, im ungeheuren Sog des Sturmes schwärzliche Schneereste an den Fensterscheiben tanzen. Kann ich sie wieder aufnehmen, die Flötenweisen, die ich am Komponieren bin, die Gedichte? Ausgegangen das Feuer, du aber frierst mir nicht ein, Tinte im tragbaren Fäßchen, kleine dunkle Lache, in der meine Gedanken stranden. Finster, verhängt, entmutigend wie nie das Grau in Grau des Lebens, doch ich entzifferte daraus das Antlitz eines jungen unbekannten Mädchens. Wie die Grille, im Feuerherd verkrochen, und ich sah ihre Augen, Schaum perlte darin, ihr Haar sah ich, Strähnen vom Heidekraut gleich. Ich mag den Vergleich mit der Grille, kann mich auch selbst für das kleine Insekt nehmen, bedeckt mit einem Panzer, ausgelegt am Hals ein wenig Gold, was mich an den Schwarzen Prinzen denken läßt. Und wie die Grille launenhaft, springt in der Finsternis mein Geist von hier nach da. Verwitwet ist die Seele, auf ewig mit Kummer geschlagen; wer aber singt? Welche verwandte Seele also ist da gefangen, denn die eine fordert die andere heraus, wie Troubadoure, wenn sie die Minne feiern? Fragen, die keiner Antwort harren, wie die Augen des wechselnden Schimmers, blauer als Blau. Ach! mein Los in der Liebe ist, stets und beständig und immer wieder auf die vergebliche Suche zu gehn, sei denn, wer weiß, die dir gut will ist eine Liebende und wie die Schutzherrin deiner Seele, hohe, erhabene Sendung, Mysterium, dem, früher einmal, in der großen Stadt London, eine Bettlerin gehorchte, unter einem Vordach war die anzutreffen. Zur Wintersonnwende bin ich geboren, in der schicksalhaften Mitte der alkyonischen Tage (an denen, sagt man, der Eisvogel sein Nest baut und das Meer Flaute hat). Zu spät ist mir alles und vor der Zeit; doch getrieben von grenzenlosem Verlangen suche und suche ich über den Wogen einen Ort des Friedens und der Liebe.

Eine Zeit schon hatte ich meine Penaten in diese Herberge verlegt; da erhielt ich, als ich in solchem Sinnen mich verlor, einen Wink, die Antwort eines Freundes. Das reine Wunder! Allen hatte ich ein wenig Zuneigung abverlangt; als Kind, in der Jugend, wagte ich nicht zu reden, war eine jener Möwen mit dem rauhen, durchdringenden Schrei. Und mit dem wunderlichen Tanz, dem Hüpfen ebendieser Vogelleiber bestürmte ich die Leute. Als Bild der wahren Liebe will mir solches heute erscheinen. Umgeben von diesen schneeweißen Geschöpfen zeichnet sich, sonnengleich, die Gestalt der Geliebten ab. Meine Leidenschaft, so stark wird sie, daß ich ihrer wie beraubt bin. Ich bin jener Passant auf dem Bahnsteig, der sich ihr nähert und andient, den schwarzen Lederkoffer zu tragen, den sie hingestellt hat. Ein Reisender auch er, gleich wird er in der erstaunten Menge verschwinden. Auch ein paar hundert Schritt folgt er der Frau, die er liebt, und ein seltsames, unerhörtes Glück übermannt ihn. Kein Zweifel, die Stadt hat er eben verlassen, um beim Rabendorf, am Eingang zu dem großen Wald, auf den menschenleeren Weg zu kommen. Im Wind beben die Tannen, die Birken. Die Augen suchen aus Bäumen einen Abgrund ab, unendlich waldige Weiten. Wie eine Nußschale im Maelström zeigt sich im Feldstecher ein Bauernhaus. Jegliche Menschenstimme übertönt vom Rauschen verborgener Wasser. Was aber den Jäger nicht hindern wird, das junge Mädchen zu holen, das in dem verlorenen Hause wohnt, und mit ihr zu fliehn; dieses jedoch ist eine andere Geschichte. Wie eine jener Briefe, die ein Bogenschütz aus dem umzingelten Lager der belagerten Stadt abschoß, erreichte mich eine Botschaft, und ich verließ den Ort, von dem aus man, auf Frankreichs Boden schon, die Deutschen sah und wie die sich, nahe einer kleinen Brücke, am Feuer wärmten.

Mein lieber Leonhard,

Was ich Dir zu schreiben habe, scheint mir von so feierlichem Ernst, daß ich es, scheint mir, entweihen würde, vertraute ich's meinem gewöhnlichen, handelsüblichen Leinenpapier an, wie hochwertig dieses auch wäre. Ein königliches Pergament wollte ich, unser würdig und der labenden Frische Deiner Prinzessin. Deiner wiedergefundenen Prinzessin.

An ihrer frühlingshaften Anmut habe ich sie erkannt. Denn das heftige Verlangen nach Blumen, nach Vögeln im zarten Laub, das ich verspürte, als ich vor Tagen die waldigen Jorat-Höhen durchstreifte, eben wurde es gestillt, so vollkommen gesättigt, daß ich darob jegliche andere Sehnsucht vergesse. Nach der unerwarteten Erhörung, die sie mir auf der Schwelle ihrer Wohnstatt gewährte, schlug mein Herz so stark, daß ich nicht einmal etwas zu mir nehmen konnte. Wie schwere Gefahr bin ich doch gelaufen. Was ich noch besser verstand, als ich sie verließ. Unwiderstehlich muß das Geheimnis sie gekitzelt haben, sonst hätte sie mir mit hoheitsvoller Geste den Weg gewiesen.

Ich unterrichtete sie über Dich, Deinen Traum, Dein Leben. Als sie zu mir sprach, die Augen niederschlagend dann und wann, sah ich, wie ihre langen Wimpern bebten, und ich achtete auf die höchst verwirrenden Reize ihres Gesichtes. Perfekt und verspielt in einem, dies Oval, ebenmäßig und so schmiegsam, daß ich mir keine Linie vorstellen könnte, die schöner geschwungen wäre und dennoch umginge die beiden Klippen; als da sind: streng oder schlaff, langweilig oder zu apart.

Durchscheinend wie der Blick ist ihre Stimme. Der Teint von Wange und Stirn gibt ihrem Wesen jenes flüchtige Etwas, oder Nichts, das weit in der Ferne die Berge umgestaltet, wenn die, da der Tag sich neigt, flüssig werden wie der Himmel selbst. Leicht sind sie dann, ein Segel aus Schatten und Licht, und behalten, erkleckliches Wunder, dennoch ihr Wesen, die

Masse, die Form; und ihre ganze Tiefe ist es, die da widerspiegelt.

Die Worte, die sie zu mir sprach, sie brächen, wollte ich sie von ihren Lippen lösen. Ihre einzige Furcht: toter Traum könnte bleiben der Traum, dessen Inbild sie war. »Denn«, sagte sie mit erhellender Klugheit, »die geringste Wirklichkeit taugt mehr als fesselnde Täuschung der Sinne. Und was kann er von mir erwarten? Bin ich denn nicht wie alle andern? So er es wünscht, will ich ihm mein Bild geben.« Rasch fiel ich ein: »Mehr als Euer Bild erhofft er: Wie könnten wir leben, wäre nicht die untrügliche Gewißheit – die ach gar schmerzliche manchmal –, auf der Welt gäbe es jenes einzige Wesen, das danach giert, ohne Abstriche, ohne Trug zu empfangen, was wir an Vollkommenem zu geben haben?« Da hob sie die Augen und raunte, vorwurfsvoll fast: »Stimmt wohl, doch mag sein, auch ich habe etwas zu schenken.« Der Weg war geebnet. Ich vertraute ihr nun all das an, was Dir am meisten bedeutet. Freudig hörte sie mir zu, überrascht und mit der Würde einer großen Prinzessin …

Sie wartet auf Dein Gedicht.

Beeile Dich mit der Abschrift. Demnächst wollen wir uns sehen, beim Maler Robert. Du mußt es mitbringen. Inzwischen will ich ihm, in meinem nächsten Brief, die Geheimnisse der Kirchturmbande lüften. Ach, könnte sie nur die Sonne unseres Frühlings werden! Mein lieber Leonhard, ich bin glücklich, Dir meine Freunde weiterzureichen, R. weiß noch nichts, es sei denn, er hätte Nancy getroffen. Auch meine kleine Gertrud erwacht mit dem Gesang der Vögel.

Auf bald. Schreib mir.

Horaz

Tanz der kleinen Mädchen

Ein gewisses Licht, hell, und ein Silbergewölk, von Bienenwachs etwas und von Schaumkronen auf ziehendem Wasser, Gestade, Olivenwälder drin, Zelte und Segel und von Sturmschwalben die Schwingen: alles am Himmel. Ich steh mitten auf einer weiten Ebene, mit Obstbäumen geometrisch bepflanzt, und was ich über dem zarten Ei des Laubs erblicke, sind die Gipfel im blendenden Schnee, ihr Blütenweiß beinah verschwindend in der Luft. Auch kann man die ersten Dächer der Stadt sehen. Am Fuß zweier schlanker Hügel breitet die sich aus. Über Land kam ich, wo früher Tulpen wuchsen und Feigenbäume, auf dem Weg, der zu einem Platz führt und zu engen Straßen, gesäumt von grünen Gartenhäuschen; unter dem Gezweige kann man köstliche Getränke haben, Mandelmilch, Sorbets in allen Farben. Schön dünkt mich diese Stadt nicht nur im Glanz ihrer äußeren Erscheinung, sondern auch als geheimer Schauplatz einer verborgenen ästhetischen Ordnung, und diese vervielfacht, was vom nur Pittoresken herrührt, vom Grünspan der Zeit; sie verewigt ein Leben, eine Größe, einen Adel. Ich komme nicht umhin zu glauben, sie gehöre in Wahrheit den Engeln, diese Stadt. Manchmal wünschte ich mir, sie würde umgewälzt von einer Sintflut, wäre den Dornen ausgeliefert, hingegeben dem Gestrüpp und den Füchsen, ein paar Zigeuner nur bewohnten sie und, statt geschäftiger Fritze, jene Bauernsippen, die sich ein oder zwei Ziegen halten. Nußbäume in den Straßen wären ihre Krone. So erst würden die Menschen ihre echte Pracht und Wahrheit erkennen.

Ich trat denn ein in die Stadt. Tändelte in winzigen Gäßchen, schaute den Leuten zu, dem Volk, diesem guten Schlag hier, den Arbeitern, Soldaten, Zuckerbäckern, Kleinen, die einander auf dem Rad im Höllentempo verfolgten; ich suchte nach den wundersamen Aushängeschildern: Ein Skalp, langer schwarzer Schweif, festgemacht an einer Metallkugel, weist auf den Haarschneider; der schöne Korb mit den langen, goldenen Broten drin, die riesige Schere des Schneiders. Ich hatte mich auf die Treppe einer Werkstatt gesetzt und rauchte, versunken ins Bild der Frauen, die große Körbe weißer Wäsche trugen – da zogen spielende Kinder meine Aufmerksamkeit auf sich. So begann ihr Reigen: *Ich bin eine Hopfenstange, mit mir kannst du Nüsse klopfen* ... und, zu dem Mädchen hin, das in der Mitte des Kreises stand, hörte er solchermaßen auf: *Küsse, wen du willst, meine Schuhe, wenn du willst.* Ach, wie in seiner kindlichen Erhabenheit, in seiner anrührenden Scham dieses Erbieten mich verzauberte; welche Anmut in diesem! Dann eröffneten, lebhaft und leichtfüßig, die Töchterlein (Mädchen von zehn Jahren, im Haar das Band) einen Tanz, drehten im Kreis oder hielten sich alle bei den Händen, oder sie stemmten die Fäuste in die Hüften oder schüttelten die erhobenen Arme, und – wie richtige Tänzerinnen das tun – die Daumen eingedreht, die Finger, führten sie eine muntere Parade auf. *Mamsell in der Luft* heißt der Reigen, oder: *Mademoiselle, was ist das für ein Duft?* Dazu spielen sie alle Musikinstrumente: Viola, Piano, Klarinette, Flöte ... Man singt und spielt:

Flöte, Flöte, Flötenspiel,
Mademoiselle, die will zuviel.

Die letzten Worte noch im Ohr, sah ich, wie ein Mädchen lachend auf die Kinder zuging. Sie trug einen himmelblauen Mantel, Handschuhe und das gekrempelte Hütchen einer Schülerin. Darunter die kastanienbraune Locke, helle Augen. Für Augenblicke konnte ich in ihr Gesicht schauen; staunender Ernst war darauf zu lesen, ein Fragen, sehr kindlich, und darunter ahnte man Reinheit, Sittsamkeit einer Seele, die dem Aufwallen eines Meeres sehr wohl ausgesetzt sein konnte. Sie wandte sich ab, um an die Kinder Zuckerwerk zu verteilen; eines hatte sich ihr an den Hals gehängt und flüsterte ihr etwas ins Ohr. Sie lächelte ihm noch einmal zu, entfernte sich.

Betört und bewegt war ich. Die Kinder knabberten die Schleckereien, die sie erhalten hatten, jene ganz kleinen Ostereier. Sie warfen welche zu dem Fenster hoch, wo eine Zwergin in den Armen einer Dienstmagd lag. Auf seinem Geschäftsdreirad sah ich meinen Freund Alexandre P. vorfahren. Er trug einen Rock mit goldenen Knöpfen und auf dem Kopf eine prächtige weiße Schirmmütze. Gehetzt von den Bütteln der päpstlichen Nuntiatur, mit der er Händel hatte, war er an diesen Ort geflohen. Einen Bauchladen hatte er aufmachen wollen, als öffentlicher Schriftsteller dienen, und er verkaufte Eis. Maler, Orgelbauer, Erfinder der herrlichen Meisenfalle, in allen Künsten beschlagen, hatte er jahrzehntelang die Jugend unterrichtet, er war mein Lehrer gewesen, ehe er mein Freund wurde. Er hatte sich viele Freiheiten genommen, es war, als spränge er aus einem Schelmenroman: Also fiel das Scherbengericht über ihm zusammen. Zu überstürztem Abgang genötigt – mit einem ehemaligen Schüler als einzigem Geleit; der trug die Überreste seiner Habe –, könnte man sein neuliches Debüt in diesem Leben mit jenem der Neger vergleichen, die in *Onkel Toms Hütte* auf Eisschollen den Fluß hinab flüchteten. Tag für Tag traf ich ihn hier, wo er das Brot für Sohn Bonaventura verdiente. Einem Krater gleich hatte die Welt sich unter seinen Füßen aufgetan; die Schönheit aber wird uns retten. Er also hielt neben mir und gab mit der Hand ein Zeichen. Ich rief ihm, wir schwatzten eine Weile, ich wies auf die Kinder und überzeugte ihn, diesen seine feinen Vanille- und Erdbeercornets zu spendieren.

Bald steckten wir in einem Gedränge von jungen Mädchen und kleinen Buben, die P. sogar auf die Maschine stiegen und uns um die Wette Hände entgegenstreckten, wir bedienten sie, so gut es ging, während das lärmende Danken und Betteln und ihr spitzes Geschrei verhinderten, daß man auch nur annähernd etwas verstand; unsere Nerven hingegen zeigten Wirkung; die Schar zu befriedigen, fanden wir zu den abgehackten, besessenen Bewegungsabläufen der Stummfilme. Fortfahren sollten sie in ihrem Spiel, beschieden wir die Kinder, noch so gerne schauten und hörten wir da zu. Beruferaten spielten sie und stellten uns ausgetüftelte Fragen, auf die wir zu antworten hatten, zum Beispiel (und das mußte sehr schnell heruntergeleiert werden): Blumen, Mädchen, Buben, Allamann, Sion? Nachdem wir entschieden hatten zwischen Hauswurz und Margerite, Dora oder Lucie, zwischen der Metzgerei in der Blindenstraße und jener am Marktplatz, Sankt Petersburg oder Kanton, ha! Manuel oder Robert, sollten wir uns mit einer von ihnen, sie war ausgezählt worden, verstecken und zurückkommen, sobald wir einen Beruf gefunden hätten, den wir mit entsprechenden Handbewegungen zum Raten vorstellen konnten. Eines der Mädchen, es hatte ein zartes, feingeschnittenes Gesicht mit blaßbrauner Rosahaut und schien uns öfters eine Art Spielführerin, fragte uns nach einer Weile, ob wir die Geschichte des Herrn von Framboisy denn kennten. Oh! fügte sie hinzu, da wir sie mit jenen hocherstaunten Augen ansahen, die sie ihren Großmüttern machen mußte, wenn sie deren wunderbaren Erzählungen lauschte – oh! dann werden wir sie spielen ... Und alle, Mädchen und Buben, dreizehn an der Zahl, stellten sich auf der einen Straßenseite in eine Reihe (Ausnahme zwei Mädchen, darunter jenes, das sich an uns gewandt hatte, sie stellten sich davor, und eines stand dem anderen gegenüber). In klagendem Romanzenton begann das erste:

Kommt, hört die Geschichte des Herren von Framboisy

Es war dies Gesang und Erzählung, eines jener volksliedhaften Lamentos, so ungewöhnlich wie einfach, wenn man genau hinhörte. Und mit solchem Zartgefühl, leicht hinfälliger Wehmut, sagte sie kleine Sängerin die alltäglichsten Worte her, daß dies allein schon von unerhörtem Reiz und Zauber war. Seine Gespielen formten den Chor: einen Tanzschritt andeuten, in die Hände schlagen, das Pflaster mit den Schühlein klopfen und dazu ausrufen:

Und tra- und tra- und tra-la la

Die Geschichte entwickelt sich, indem nach jedem Vers der Chor einfällt, was einen starken, akzentuierten Rhythmus ergibt; fort trägt der den Aufschwung des singenden Mädchens, zart, zitternd und voller Sanftheit ist dieser.

Er nahm im Land die schönste Frau,
zu jung war die, man sah's genau.
Ging in den Krieg, bis daß sie reifer würde,
kam aus dem Krieg nach Jahren mit Würde.

Hin und zurück umkreist die Sängerin die Reihe der Mädchen, nun hat die andere sich verschleiert.

Fand niemand vom Keller bis unters Dach

Sie bückt sich, kommt wieder hoch, sucht alles ab, tappend, als wie mit einer Kerze.

Drei Tage, vier Nächte rief er die Schöne, ach,
Schweigen zur Antwort – welch Ungemach.

Drei Tage und vier Nächte! Das ganze Leben. Der Kopf raucht mir, Wolken und Träume; und eine Existenz, wie sich gehört, ist mir nicht vergönnt. Den großen traurigen Worten lauschend, besehe ich meine Hände, flehende Hände, untätig so sehr, daß ich leide darob und erröte. Was immer mein ist, werfen sie in den Wind. Keinen Beruf haben sie gekannt. Schattenhände, ja das sind sie. Hören dennoch nicht auf, ihresgleichen zu suchen und wie verrückt zu pressen und zu drücken. Einen Augenblick, einen Blitz lang kosen sie eine Haarlocke der singenden Schülerin. Niemand hat sie bemerkt, noch wie ich näher kam; und von den Lippen der Kleinen widerhallt die schreckliche Klage des Grafen, sein Schrei in mir. Wo denn ist meine Freundin? Die ich liebe, wo ist sie? Ein Hirsch, der das Wasser sucht, bin ich.

Bestieg seine Kutsche und fuhr nach Paris,
fand da die Schöne am Ball von Clichy.
– Noble Prinzessin, was tut ihr hier?
– Ihr seht es, mit Freunden tanzen wir.

Dieses Besinnen auf Paris und die Bälle von Clichy, wie schön! Hier sogar, in diesem kleinen katholischen Hauptort, mitten in der strengsten Bergwelt, schlägt dein Herz; Paris, auch wenn du ausgesetzt bist nun und in der Hand von Sklavenseelen, wenn deren rücksichtsloser Geist, ihr Wahn auch herrscht, scheint mir dennoch, Eros zeige schüchtern seine weiße Pfote, werde immer verläßlicher. Ach könnten, wenn die Schwalben erst zurück sind, wir noch an den barbarischsten Orten auf Zeichen unseres Bündnisses treffen. Stumm betrachtete ich die Mädchen. Die kleine Schauspielerin, die der anderen bisher reglos gegenüberstand, schweigsam, mit einem Knicks stellte sie die Frage, auf welche jene mit einer Geste voll Anmut antwortete, dann ganz allein zu tanzen anfing und die jungen weißen Arme verwarf, als rühre sie Kastagnetten.

Die Schöne bringt er zurück auf Schloß Framboisy.
Schaut weg, denn mit Grünspan vergiftet er sie.

Und es sank hin, das kleine Mädchen, das die Rolle der Prinzessin mimte: Sterbend, Augen zu, Handflächen nach oben, schwankte sie auf den Gehsteig. Im Fallen hob sich ihr blaues Kleidchen ein wenig, wie eine Blumenkrone, fortgetragen vom Wind. Ah, das Schönste, was P. und ich je sahen. Sagen kann ich nicht, was an Entsetzen, was an Verzauberung in alledem atmete. Gewiß jene frevelnde Leidenschaft, welche die Geliebten zu Tode beförderte, um sie für immer erstarrt zu lassen in der Haltung von Blaubarts Frauen, im Kleiderschrank hängend, wachsbleich, die prächtigen Gewänder von Blut verschmiert. Die weißen Frauen, mit dem vollen Haar, von der Qual aufs furchtbarste gezeichnet, und dieses Kind, das so gut die Tote spielte, sie rechtfertigen jede Liebe, sprechen jegliche Liebe frei. Kam mir doch auch wie ein übernatürlicher Unfall vor, der grazile, sanfte Leib, ausgestreckt mitten auf einer begangenen Straße. Wie soll man sich das erklären? Wir hatten Lust, auf dieses Fleisch zuzugehn (wie die Heiligen Drei Könige ...).

Und auf ihr Grab streute er Petersilie.

Ist es denn wirklich eine Parodie? Das Gedicht endete mit diesem burlesken, naiven Vers, während die Mittänzerin auf die Tote zuging und tat, als streue sie Petersil über den Mädchenleib.

All das geschah auf einer schmalen Straße der Stadt, mitten unter den Leuten, die kamen und gingen, zu Fuß die einen, auf Wägelchen die andern oder reitend. Es gibt da einen Garten, ziemlich versteckt, umfriedet von hohen Mauern, und zwischen zwei Häusern gewahrt man die große Felswand, Sträucher, deren Gezweig vom Wind geschüttelt in einem fort ins Leere krallt, und die alten Schlösser der Fürstbischöfe. P. und ich beschlossen, die Kinder der ganzen Straße einzuladen. Bald einmal traten wir in eine Wirtschaft, wie der Flötenspieler aus Hameln gefolgt von unseren Waldmäuschen. Wir ließen sogleich einen langen Tisch richten und setzten uns mit unseren kleinen Gefährtinnen daran. Auf unsere Bestellung hin brachte man große Karaffen mit Erdbeersirup und Waffelbiskuits. Wie wohlerzogen die Kinder doch waren! Schön zu sehen, wie sie vor Begehren mit glänzenden Augen die rosaroten Gläser verschlangen und dennoch auf unser Zeichen warteten, ehe sie sich bedienten. Da war die geringste Bewegung von jenem natürlichen Adel, der die halb bäuerliche, halb städtische Herkunft verrät.

Wir waren so richtig am Plaudern, als zwei Männer den Raum betraten – und wenig fehlte, wir hätten sie für dämonische Ausgeburten, für phantastische Erscheinungen gehalten. Dürr, lang, Glatzkopf der eine, ein Riese der andere, hochrot und mit breitem Backenbart. Sie lümmelten sich hin, lärmend lachten sie uns aus, machten derbe, ungute Witze. Wir herrschten sie an, einigten uns dann darauf, sie einfach zu übersehen. Eines der Mädchen sang uns ein wunderbares Lied vor: *Esther;* einen Haufen Fragen hatten wir zu beantworten, die Kleinen wollen alles wissen, über unseren Beruf, über Gott und die Welt. Mit einem erhob sich da der Grobschlächtige, Kupröse, den wir vergessen hatten; unvermittelt wandte er sich an uns und brüllte: »Schaut her …« (O Wunder der Poesie, Macht franziskanischer Grazie, eine Bekehrung wie jene des Wolfes von Gubbio!) Er kniete hin, packte wie ein Tanzbär mit den Zähnen einen Tisch, stemmte diesen in die Luft, stellte, als er ihn wieder unten hatte, zwei Stühle drauf, packte den Tisch von neuem, und schon wirbelte der in die Höhe. Der Mann machte eine knappe Verbeugung, beehrte uns mit einem Augenzwinkern – weg war er, geräuschlos und samt Kumpan.

Der Weihnachtsmann war da
Mit seinem Bart aus Stroh
Mit seinem spitzen Hut
Knackt er die Nüsse …

Was soll man diesem Geschehen hinzufügen? P. und mich ließ es so verdutzt zurück, daß wir uns in die Augen schauten, einander berührten, um zu wissen, ob wir noch da waren. Wir verließen denn die zauberhafte Schar kleiner Mädchen, bei einfallender Nacht verabschiedete ich P., setzte, auf der Suche nach Abenteuern, meinen Weg fort.

Warum ich mich nicht unverzüglich auf die Spur der jungen Frau gesetzt habe, wird man mich nun vielleicht fragen, jene aus dem Brief von Horaz. Aber genau darum geht es hier. Ich konnte Horaz nicht mehr erreichen. Kaum daß er mir geschrieben hatte, fiel er der Obrigkeit in die Klauen: Sobald wir nur können, wollen wir durch dieses Netz schlüpfen, das sich in den Stoppelfeldern spannt.

Und weiter irre ich

Zu Fuß brach ich auf und in der Nacht; die Marotte dieser langen Nachtmärsche habe ich mir im Militär zugelegt. Keine Seele zu sehn, außer ein Priester, der zu erstarren schien und seinen Schritt beschleunigte. Am Straßenrand, unter hohen Bäumen, machte ich halt: schlafen, ausruhn ein wenig. Als ich S. erreichte, waren die von Sträuchern und von Vögeln bedeckten Hügel ein einziges Gold. Bauern begegneten mir und deren kleine Ziegenherden; zu beiden Seiten der Straße hüpften die Zicklein, weideten die flockigen Büschel ab, das blaue Kraut. Ledersäcke trugen die Männer auf dem Rücken, von der Sonne gegerbt, und sie schwatzen. Das Patois dieser Gegend gleicht dem Provenzalischen, ich versuchte sie mitzubekommen, die schönen Endungen auf or, ar, auf ouc. Schweigend voran stapften die Frauen in den schwarzen Gewändern. Hüte hatten sie auf, die glichen einem dürren Blatt, und ihre strenge, aufrechte Haltung war eine Augenweide. Was macht die Würde, die Aristokratie dieser Leute aus, die so offen sind und unverstellt? Sie haben Tradition, Vergangenheit und diesen dunkeln Hintergrund, der jede Modeneuheit aufwiegt. Sie sind, was Cervantes *die alten Christen von damals* nennt, und ihr Land, mit dem Charakteristikum einsamer Größe, formt das Herz jener, die stets an der Scholle gehangen.

Bald schon stand ich in einer Kastanienallee. Wie schön es doch ist, S. mit seinem Markt auf der Straße (blaugeblümte Tellertassen verkauft man da, aus feinstem Steingut, Kanapees und rote Sofas), mit ein paar alten Häusern noch und den überall zu engen Werkstätten der Fahrradmechaniker, sie gleichen den Meccanobaukästen unserer Kindheit, mit den Wassersprengern, die in den Gärten drehn, mit der Affiche »Zur Maienblume« und mit dem Wappen der Stadt, das eine Sonne ist. Quartiere, in denen, von den Bergen herabgestiegen, Weinbauern zuhauf leben. Häuser, graue Türme auf den Hügeln ringsum, mit winzigen Fenstern, einer hölzernen Veranda hier oder da. Hier müßten wir leben, P. und ich. Wir ergingen uns in diesen Weinbergen, Blau über Blau, und unter den Föhren auf erlesenen Pfaden, gepolstert mit Tannennadeln, diesen kleinen, rosaroten Spießen. An sehr schönen Dingen haben wir zu arbeiten, an sehr schwierigen, die man auf Kosten des Lebens nur zuwege bringt. Unsere Wohnung, wir würden sie nimmer verlassen. Aus den verdunkelten Zimmern im Innern guckten mit einem Sehrohr wir den Leuten zu, weit draußen auf ihren Wegen, die Wälder suchten wir ab, die so friedlich erscheinen. Nachts nur hätten wir Ausgang, Abenteuer eingeschlossen in dem Schweifen und Irren.

Unmögliches Glück, was ich suche. In Hügelwäldchen, im Buschwerk, im Dickicht auf den feuchten Rhoneufern nisten Nachtigallen, nicht zu zählen. Als wie ein musikalischer Esel, der den ganzen heißen Tag seine Last getragen, sich bückte unter der Bürde, und der am Abend seiner Fesseln sich entledigt, aus dem Stall des Meisters sich gerettet hätte: so hatte ich sie singen hören, in einer Vollmondnacht. Dem Fluß lang folgte ich einem Weg mitten durch die Erlen. Der Himmel schneegebadet von den nächtlichen Gipfeln. Drüben, jenseits des Wassers, schattengesprenkeltes Olivgrün, drüben ragten Sandküsten auf, ungebührlich weiß, und die Kronen schwarzen Föhrengeästes. Ich stampfte durch die Ödnis, und da ist nichts, was mich stärker verwirrte, vor Leidenschaft und Verlangen, als diese langgezogenen, bebenden, verängstigten Rufe, gefolgt von einem Gesang mit unwahrscheinlicher Modulation, den ein freudiger Hochmut über die Natur hinausträgt.

Was erhoffte ich mir, da ich mein Ohr dem fiebernden Schmachten, dem Wehgeschrei der Nachtigallen lieh? Die Natur, sie ist fürwahr ein Ort der Zuflucht, ja, und ich liebe die Stätten der Einsamkeit. Die Klagen, die Liebeshymnen der Vögel waren mir Wein, der mich erregte, ein Quell, zu dem ich trinken ging.

Was einen am Ausgang von S. besonders anzieht, sind die violetten Felsen, Finger ragend in mittlerer Höhe eines Rebhanges, von Föhren überkragt. Aus Akanthusblättern eine vergängliche Kielspur ziehen im Straßenstaub die Schritte. Ein Obstgarten, ein großer, schwach geneigt. Reben überall. Ein Schwall von Absinth: Ligusterblüten, weiße. Man kommt zu einer Schlucht und stößt auf die bizarren Felsen, von denen ich sprach, malvenfarben, grau und rötend, wie Pyramiden, wie Statuen hochgezogen aus dem Grat eines steilen, sandigen Hanges, während der andere mit Kiefern übersät ist. Mitten im Dickicht die Farm des Teufels zeigt Gärten von peinlich genauer Anordnung. Teufel auch ist, stets such ich die dürrsten Orte auf und schöpfe mein Glück aus der Einsamkeit, aus tiefster Betrübnis gar; nichts konnte mich zufriedenstellen je, ich bin wie ein Luftschiffer, ein Seemann zu Lande bin ich.

Wo dein Schatz ist, will auch dein Herz sein.

Welcher Lohn aber wartet mir, da ich überall auf Sand baute und meine wahre Wohnstatt auf den ziehenden Wogen des Meeres ist?

Nach den Schlupfbuchten hier, verborgen im Laub, in den Lehmsträndén, schlängelt der schmale Wasserfaden, der dich führt, in den Kreis riesiger Steinblöcke, ganz warm sind die. Der blaue Himmel wie ein Mineral, das birst. Und in der Ferne, als ob sich, am Rand schwindelerregender Wände, Wälder wie Büschel bewegten. Hat man vom Frieden des Chaos gekostet, muß man zu den Menschen zurückfinden, muß den winzigen steinernen Steg überschreiten und einen von Bleikraut gesäumten Pfad nehmen, der über das kleine Plateau zum Dorf mit den Kornfeldern führt.

Als ich den Weg wieder aufnahm, hielt ich mich rechts des Flusses, zwischen aufgeschüttetem Sand und Reben. Am Rand einer Heide irrte ich im Morast herum, querte einen Bach, über verschobene Bretter, darunter sich, von meinem Schatten aufgeschreckt, Forellen verbargen. Es folgten graue Weidenbüsche und in den Obstgärten das schwarze Schwarz der Rinde von Pflaumenbäumen, ein Feenreich, schien es. Der müde Wanderer wirft einen Blick zur Kapelle, die in einem Wäldchen steht, auf einer Anhöhe über den Reben. Vor jeder dieser auf Holz gemalten naiven Kreuzwegstationen knie er nieder! Der Jungfrau erscheint ein weißer Engel, eine Taube schwebt darüber. Auf den kleinen Dachgiebel aus zwei Schieferplatten machte ich das Zeichen, das doppeldeutige, der Vereinigung, die ein paar von uns zusammenhält auf diesem Globus aus Wasser und Erde. Ein Dorf empfing mich, dessen wuchernde Weinranken Fassaden zudecken, manche aus Holz, die anderen aus wackelnden grauen Steinen. Die Berge sind eine blaue Plattform, hier und da durchsetzt mit schwarzen Kiefernkugeln und an Gewittertagen durchzogen vom weißen Geschmier der Bäche. Dann, nach einer langen Steigung, erreicht man ein anderes Dorf: V., erfüllt immer vom Murmeln des Windes, des Wassers, der Bienen, des Laubs. In der Kirche wollte ich mich von der drückenden Hitze erholen, setzte mich ganz artig hinein. Den köstlichen Schatten verschlang ich, sog den Duft ein von altem Holz, bewunderte die Beeren schwarzer Trauben und die feine Spitzenklöppelei des Altartuchs. Ich schlief ein. Der Tag war schon recht vorgerückt. Lange schlummerte ich, und als meine Augen sich auftaten, war's, als ob ich träume, so überrascht war ich, mich in der Dunkelheit zu finden.

Ein sonderbares Leben erweckt nachts die Wege und stellt schweigsame Bauern auf die Straße. Kleine Schafherden treiben die vor sich her. Oft sind es junge Mädchen, den leichten Ledersack auf dem Rücken. Schubsen mit Gerten das Vieh voran. Im Schatten schlotterte ich, dann in der feuchten Schattenlache eines Waldes. Ein Mann führt eine Mauleselin am Strick. Im Schein der Lampe, phantasmagorischer noch als Tau vom Mond, dem Leberblümchen gleich vielleicht, stehen, wartend wohl, an der Straßenecke eines Dorfes Leute herum. Vorgefahren wird ein Karren, der ist wie der Herrschaftswagen des Todes. Finster und nackt die Landschaft. O einsames Land du, gerüttelt von ewigem Exodus! In ihrem Wechsel gab sich die Landschaft ein doppeltes Erscheinungsbild, kam so dem verborgenen Weltende nahe. Hier, in jenen Zeichen eines anderen, unsichtbaren Lebens lag die große Ähnlichkeit mit Spanien, in diesen nächtens streifenden Zügen und in den versunkenen Dörfern, die den Einzug Don Quijotes in Toboso wachriefen; und in etwas höchst Musikalischem, das solcher Einsamkeit entsprang.

Die Morgenröte sah mich auf einem Pfad, mehr denn tausend Fuß über der Rhone. Mitten im Ozean der Wälder hatten meine Schritte mich auf einen Vorsprung geführt. Wie ein Veilchenschaum erschien mir die Ebene. Graue Felsengrate zeichneten sich ab. Mit Moos ausgelegt die Erde. Es schimmerte einzig der schwache weiße Stern jener Blume, deren Schein unter Tannenästen nächtliches

Licht bedeutet. Einer Frucht gleich reifte der Himmel. Hie und da entdeckte ich ein Dorf, einen Weiler brauner Hütten, eingebuchtet ganz, völlig verborgen im Berg. Und Wunderdinge sah ich. An einem wilden, öden Ort, wo nur verstreute Föhren, kurzes Gras wuchsen, erhob sich ein Fels, bedeckt mit Zeichnungen und Inschriften. Das Werk von Kindern, die beim Hüten der Herden mit scharfen Steinen Kirchen einritzen, Werkzeuge, Messer, Häuser, Hauen, Hämmer. Und Blumen, Hände, Herzen. Männer und Frauen, tanzend in ihrem Schmuck, Teufel und Menschenfresser. Von neuem war ich in der Welt kindlicher Geister, liebenswerter als die unsere, wahrer auch als unsere, und ihre Bilder tauchten auf dieser weiten Hochebene immer wieder auf. Auf welchem Gestirn aber leben, von unserem Herzen gespeist, wir schweifenden Poeten alle. Ich stieß auf Leute, beladen mit sehr hohen Ballen, und wie die Schatten liefen sie, starr den Kopf, nicht rechts noch nach links blickend, den Fuß auf den Felsen setzend mit einer Sicherheit, mit einer Schnelligkeit, die mich verwirrten. Am Rand eines Steilhangs half ich einer Frau, die mit einer langen Sichel bestimmte Kräuter schnitt und Säcke damit füllte. Die Behendheit der Träger, vernahm ich, kam davon, daß sie die Kräuter in der Hauptstadt verkaufen und dabei nicht von einer Nachbargemeinde ausgestochen werden wollten.

Lange streifte ich herum. Auf einem Steinbrücklein, wahrhaft hinausgeworfen in den Abgrund, ein schmaler Eselsrücken, querte ich eine Schlucht. Ich sammelte Kriechenden Günsel, Blumen, die wie Hummeln aussahen. Die Luft berauschte, die trügerische Fernzeichnung der braungrünen Grasnarbe bestrickte mich. Geruch von Baumharz kitzelte meine Nase. Vollends umflorte sich mein Kopf, wenn es mir bei einer Wegbiegung etwa vorkam, mein Leib tauche in den Schlund. Eine angenehme Beklemmung schnürte mich. Empfindungen von einer

Süße, die einen erschlug, ich mochte nicht mehr weiter marschieren.

Ein gutes Stück voran liegt das schönste Dorf dieses Landes, mit verborgenen Gärten, umfriedeten Pergolen, mit Häusern von unglaublich hohem Alter, mit einer Kirche, deren Turm von einem Elsässer Kirchlein stammen könnte, mit Mädchen aus dem Süden, die einen blond, die andern schwarz, und Berbermädchen gleichen sie in ihren violetten Lumpen, mit ihrem Ohrgehänge. Noch ragt die Ruine eines Schlosses über die versengten, verätzten Hänge. Und ohne Unterlaß beben die Äste großer Pappeln im Wind, dem kalten, der aus einer Bergritze bläst. Und da ist dieser drehende Flug der Krähen.

Die Prinzessin von Tripolis

Zurückgekommen bin ich in das Städtchen L., durch das ich die Nacht zuvor gestreift war. Schüler mit schwarzen Schürzen schwemmt eine Klostertür in den Pausenhof. Das Haus mit den Vitriolflecken, dem Turm aus Holz, zog mich in Bann, lange versank ich in seine Betrachtung. In der Luft zittert der Sang einer Grasmücke. Etliche Vogelfänger waren wir hier gewesen, damals, für einen von uns zappelte schon die Beute, doch stand sie unter dem Schutz von Porphyr, und der entflocht das sauber ausgelegte Garn. Die gemächlichen gelben Zeiger am Turm schlagen die Stunden von früher. Frauen mit schwarzen Boas am Halse gehn heute durch die Kirchentür. Ich schlüpfe auch hinein. Hinter dem Chor eine Kammer. Deren verschwiegene Lackschränke bewahren den geweihten Schmuck, die Kelche, die großartigen Baldachine, die Meßgewänder der Priester. Aus Mailänder Tuch sind die. Unter dem Blick eines wachsamen Cicerone betrachte ich sie. Meine Bewunderung gilt jenen Tanzkostümen, daran blaue und rote Blumen, glänzende Schönheit als wie von Königs Hof, im Netzgewebe goldener Fäden aufscheint; und an den Säumen von Chorhemden entdecke ich, kunstvoll gestickt, eine kleine Erdbeere, ganz und gar jener gleich, die man im Wald pflückt.

Köstliche kleine Frucht du, von dir aus wollen wir zu

neuen Abenteuern aufbrechen; im Schatten der Farne versteckt, leuchtet dein Scharlachfleisch den Gräsern; kleine Beere, die ich wiederfinde hier auf den prachtvollen lombardischen Linnen, was bist du mir denn, wenn nicht die verborgene Perle? Dieses Gepränge stellt dich noch besser heraus, so daß du erstrahlst wie auf dem schwarzen Kopfputz einer japanischen Frau. Der Zauber deines Geheimnisses bringt mir die Gestalt jenes einzigartigen Wesens in den Sinn, dessen Züge mein Herz in einem fort erfindet. Herz, das sich verzehrt vor Verlangen. Ah, wär denn nicht besser, man risse es aus und würfe es auf einen Scheiterhaufen, da es seinen Hunger nicht stillen darf an einer kleinen Frucht, die zergeht. Ihre Süße aber kann sich nicht verlieren; dem Diamanten gleich ist die Freude der Liebe unverwüstlich.

Da also dachte Odysseus vom Kirchturm, der Streuner, an die Prinzessin von Tripolis. Hof hielt die, damals, in jener Stadt. Und Godefroy de Rudel wollte sie finden. Mit Segel und Ruder war er gekommen, wie ein Vogel hatte er sich ihr entgegen geworfen. Und Rudel fand, wie ein Bild gemalt, das Bild von ihrem Tod. Die Arme streckten sie einander hin – und hauchten aus, die Liebenden. Seither suche ich sie, die große Prinzessin; gewiß ist sie wieder am Leben, ich werde sie finden, vielleicht, was kümmert mich der Schierlingsbecher. Geschärft sind meine Sinne für jede mögliche Begegnung. Wenn sie es denn wäre? Jene junge Bäuerin vielleicht, so einfach und so delikat, die mich eines Tages bedient hatte ... Das Kind, dem vier Freunde zu Pagen waren, und dessen Zauber diesen die süßeste Bitternis ins Herz senkte. Aus der Tasche ziehe ich ein kleines Bildnis. Es kommt aus einem Laden, in dem man Kupfersächelchen verkaufte und Kameen. Man sieht das Antlitz einer jungen Frau im Profil. Von großem Ebenmaß die Züge, eine Spur Verspieltheit drin, ganz zart. Wunderbar schwarzes Haar verschleiert die Stirn ein wenig, und unter den langen Wimpern senken sich die verschatteten Augen. Zur ungewöhnlichen Schönheit, die dem entspringt, tritt etwas wie tödliche Versehrtheit: Wie sie den Kopf trägt, diese Mattigkeit, und jede Schattierung in dem sanften Gesichtsausdruck verraten eine grenzenlose Wehmut. Wer sie denn wirklich sei? Sie ist »meine Verlobte, verloren im französischen Feldzug«. A. und R. hatten sie ausgemacht. Dann ist sie von neuem entschwunden.

Der jungen Frau auch sinne ich nach, die mir beim Tanz der kleinen Mädchen aufgefallen war. Als hätte ich sie wiedererkannt, war mir da, wiewohl ich sie, ganz augenscheinlich, zum ersten Male »sah«. Das scheint unbegreiflich, und dennoch glaube ich mich nicht zu täuschen. Meine Freunde A. P. und R., in jenem Winter in einer großen Stadt am Ufer des Genfer Sees zu Hause, hatten beschlossen, Leute zusammenzubringen, denen die Dichtkunst wirklich etwas bedeutete. Von ihnen aufgefordert, hatte ich mich eines Abends in ein Haus einführen lassen, das, getarnt von Schwarzpappeln, dicht am See und ganz allein stand. Es war dies gewiß die seltsamste Zusammenkunft der Welt. Sieben, acht Leute da, doch statt uns in die Wohnung hineinzulassen, hatte man uns an winzigen Tischchen einen Imbiß bereitet. Feiner Schneeflaum lag auf den Dingen und gab dem ganzen eine märchenhafte Atmosphäre. Kohlenbecken, die man aus übergroßer Fürsorge angezündet hatte, warfen ihre rotgelben Flammen bald hier- und bald dorthin, erhellten auf einmal wie Marmor den seidenen Pelz eines Mantels oder ließen lange, schmale weiße Hände aufschimmern. Ein Detail noch hat sich mir eingeprägt: der geheime Hebel, der das Schloß verhielt, und den man drücken mußte, damit der Torweg aufging, durch den man in die Gärten gelangte. Unsere Gastgeber zeigten sich von seltener Liebenswürdigkeit, überraschten uns durch ihre Raffinesse, ihre Kenntnisse, ihren Erfindungsreichtum. Jenes Flötenkonzert, zum Beispiel, dessen Klänge uns im Dunkeln verführten. Ein paar Eingeladene dabei. Einer davon ein Freund von mir. Gern brüstete der sich mit seinen wunderschönen Natteraugen. Angezogen fühlten wir uns von einer eleganten jungen Dame, auch sie eine Frau aus den Wäldern. Sie war Musikerin, wohnte mitten in einem großen Wald. Von einer Höhle war, will mir sein, die Rede, zu der sie manchmal ging, weil sie die Einsamkeit liebte, und wo sie die Blumen ihrer Herbarien trocknete. Aber, ach, wir konnten von ihr nur einen Schattenriß sehn, das dunkle Antlitz, und ihre Stimme kannten wir – den sanften Tonfall, die kindlich verzaubernde Wirkung, Sirenenmusik, in sich selbst gefangen. Wir wurden einander nicht vorgestellt, keiner wußte ihren Namen noch jenen der weiteren Teilnehmer an diesem Fest, bei dem die Poesie wie ein Kult gefeiert wurde. Verschiedene Anzeichen drängen mich jedoch, die geheimnisvollen Erscheinungen miteinander zu verbinden. Gar nicht so unerklärlich vielleicht: daß ich sie wiedersah und wiedererkannt habe, auf einer Straße der kleinen Hauptstadt jenes Wallis, in dessen Wäldern ihr Zufluchtsort zweifellos liegt. Ich liebe sie. Die ich suche aber, sind wie die Musen,

»... Sanfte Frauen
Flüchtiger noch als Forellen.«

Die Höhle
Verfolgung des blauen Mantels

Es weckten mich die hellen Schellen am Hals der Lämmer. Durch den Spalt der Vorhänge, in dem schon die Sonne ihre schönen Goldbarren sinterte, sah ich die kleinen Herden, Schwarznasenschafe, sie schossen, von Kindern gejagt, die Dorfstraße herunter. Überzogener Himmel, ein herrlich mildes Wetter. Bald war ich draußen und sog aus der Luft den Duft von Pflaumen; ich stieg zu dem Platz bei den Türmen ab. Die Kinder, die vorangehn würden, dort lehnten sie, an einem Verschlag, und beäugten die Schafe, zur großen Herde versammelt, Hirtenhunde kläfften drum herum. Ein Junge, dem sie's alle neidisch waren, führte den Reigen an, und schon löste sich der ganze Spuk auf, in Sonne und Straßenstaub, in einer Wolke wie hervorgezaubert. Unter uns gewahrten wir – und die Leere machte ihn ungeheuer gegenwärtig – einen Wald, blau und finster noch zu dieser Stunde, da der Tag erst wurde.

Ich nahm einen Pfad, von Mispeln gesäumt und von roten Büschen. Nach ein paar Schritten stieß ich auf einen Kapuziner mit einem Riesenschnauzbart. Verstohlen begutachtete ich die Schuhe mit den festen Sohlen, deren sich die Mitglieder jener Bruderschaft bedienen, um das Land abzuklopfen. Diesen Leuten, die überall auf der Welt ihre Absteigen haben, müßten wir Dichter es gleichtun. In dem Schuhwerk, das so gut sitzt, streifen sie, ihren Glauben zu verkünden, durch ganz Europa, und davon können sie essen. Ach, daß doch zu einer geheimen Bruderschaft wir uns vereinten, daß im irdischen Reich des Wandels und des Wankens ein unauffälliger Orden, eine »Mafia« uns Brot und Bett gewährte. Die Stadt kann uns zur Zierde nicht gereichen. Fremdkörper sind wir dort, tun dennoch not. Welch eine Gerechtigkeit denn hätten wir zu erhoffen von jenen, die das Sagen haben. Was kann unsere List gegen das große Geld? Unangreiflich sind sie. Mit einem Stock, kaum mehr, gehen wir reichlich schlecht gerüstet gegen eine Hydra an.

Zuunterst des Weges hielt ich, im Angesicht einer geschwärzten Madonnenstatue, vor der ununterbrochen Kerzen brennen, so daß noch der Weg glatt und glitschig wird von dem Wachs. Ich betete, im Herzen, und neigte mich zu dem Inbild allen Frauentums, grüßte sie, die nicht nur die Mutter ist, sondern, wie ein großer Dichter sie nennt, die »Aphrodite der Himmel«. Und ich hing meiner Dame nach. Kann ich sie nur lieben, was sollen mir da Zeit und Tod! Wie ein nächtlich funkelndes Feuer leben ihre Züge, lebt ihre Seele auf; was immer geraubt und verloren war, mag sein, es kehrt zurück, wird mein Los und mein Teil hienieden. Nichts, sann ich, auch nicht die Aussicht, sie in Ewigkeit zu besitzen, wiegt die Schönheit auf, die uns ganz und wahrhaft zusteht in diesem Tränental.

Über der Rhone, in den Reben füllt, zu dieser Zeit der Arbeiten, das Hämmern der Hauen die Luft mit einem Nachklingen wie Schnabelwetzen der Vögel. An mehreren Stellen hat der Wind die Flußdämme mit Sand belegt; kleine Löcher, winzige Höhlungen wie Fingerhütchen: Erdrutsche. Sind es die Wohnungen der roten Ameisen, der Grillen? Ein Loch voller Nacht, wenn die unsichere Sanddecke einfällt. Pärchen blauer Ringeltauben flogen in die Föhren auf den Dünen, eingegraben in den grauen

Lehm sind Abdrücke von Aalen. Ein Fluß wälzt seine Schieferfluten ins Gehau. Einen Fischer bemerkte ich, und wie er eine zappelnde, silbrige Forelle aus dem Wasser zog. Dann schlug er Feuer, kniete hin und sammelte mit Händen trockenes Laub, kleines Gezweig. Er hob den Kopf und schien, für einen Augenblick, ganz in der Nähe einen Punkt in den Felsen zu fixieren. Ohne zu wollen, nahm ich seinen Blick auf – und entdeckte nun einen kleinen, merkwürdigen Rauchabzug; dann bemerkte ich eine völlig runde Höhle, dem Innern einer Kugel gleich, der Ausbruch zum Teil mit Sprengstoff bewerkstelligt. Ein Bett aus Gras darin, eine Feuerstelle, grüne und rotgelbe Kiesel als wie Kerzenständer. Neben dem Einstiegsloch hing eine Halskette aus Schneckenschalen; in einer Ritze stak noch die Feder eines Ziegenmelkers. Wie beschreibe ich meine Überraschung? Ein fremder Blick hatte mitgeholfen, und schon befand ich mich also in der geheimen Schale einer Felsenküste, indes, o Fischer, vom Wind getragen, der schwache Rauch deines Feuers zu mir drang und mir dieses in den Sinn brachte: Ein Fischlein zu braten, sagt der chinesische Meister, braucht es ebensoviel Klugheit, wie es braucht, um das Reich zu regieren. Unsagbar mein Erstaunen, als ich, nach Spuren von Menschen suchend, auf dem wilden Heu ein rosarotes Taschentuch fand, ein kleines, mit eingesticktem Schneeglöcklein, und es glich jenen Tüchlein, die im Zirkus von Kunstreiterinnen mit behendem Griff vom Boden gerafft werden. Kaum lesbar, mit einem Faden eingewirkt: Ich liebe Leonhard. ★★★. Und unter diesen merkwürdigen Umständen begriff ich noch einmal: Wie verzweifelt man darob auch werde, viel besser war, sich dem Zufall zu überlassen, als auf ausgeklügelte Pläne zu bauen; denn die Weisheit besteht nicht darin, irgendwelchen Regeln (welcher Art auch immer) gerecht zu werden, nein, Weisheit ist eine Eingebung, die auf das eigene Glück aus ist.

Fünf kleine Gravüren hatte ich aus der Tasche gezogen, Illustrationen zu Robinson Crusoe: die Höhle, die Haustiere, das Floß, die Schritte im Sand, Freitag. Wie einen Talisman trug ich die auf mir. Stets hat sie mich entzückt, die Geschichte von Robinson, doch wenn ich mit diesen Bildchen einen geheimen »Zauber« verknüpfe, tragen daran die Worte schuld, mit denen die Geschichte beginnt, Worte, die mir mit schicksalhaftem, unergründlichem Sinn behaftet scheinen und die ich auf mich selbst beziehe. O Tag der Blässe und der Zweifel, an dem in meiner Kindheit ich gelobte, von nun ab ganz auf die Kraft der Einbildung zu setzen: Bei so viel unerklärlichen Offenbarungen, warum gerade diese eine mit solch erschlagendem Nachdruck. Mein eigenes Leben glaubte ich in jenen Zeiten zu lesen: Geboren wurde ich in England, in der kleinen Stadt York, im Monat März 1632. Auf das Bild von der Höhle schrieb ich hinten drauf:

Den Schrei des Hähers höre ich, des Spottvogels Schrei, und meine Augen träumen in Farben blauer als der Himmel, der durch den Kamin kommt, und mit den schwarzen Wänden der Höhle. Ein Herz sah ich darauf gemalt, in der Hand wog ich die brüchige Kette aus Schneckenhäusern. Die Feder des Ziegenmelkers, sie steckt noch immer beim Eingang. Der Wacholderstrauch hat mir das Gesicht zerkratzt.

Euer Freund ist in der Gegend. Er streift durch den großen Wald. Fischer haben ihm manches Geheimnis gelüftet, wie auch eine Natter, der er überallhin folgt.

Schaut, daß Ihr Euch morgen am Fuß des Obelisken einfindet, wenn es Mittag schlägt.

Leonhard

Ich versteckte meine Botschaft unter einen Kieselstein und verschwand.

Es vergingen ein Tag und eine Nacht, unerträglich das

Warten. Wir sind in jener hohen Zeit des Jahres, die dem Osterfest vorangeht; die herben Frühlingstage gramvoller Überreizung, schmerzlichen Überschwangs, ein Sinnspruch aus dem Volk hat diese so im Ohr: Tage ohne Brot sind wie die hohen Tage im Mai. So großartig ließ die Liturgie sie aufleben, mit einer Spur von, ich weiß nicht, sanft mystischem Erschauern und von Schrecken; damals, ja, als ich Kind war in jenem Kollegium, das in einem alten Flußbett liegt! Voll Galle wie der Essigschwamm, schien die Natur mir getränkt von zeitloser Passion und meinen Lippen dargebracht. Sind wir es, die da betroffen sind? Es ist, kein Zweifel, dieser wilde Honig Erde und der Nachtigallengesang. Im Angesicht der Bäume ergreift mich ein Freudenrausch, als wär ich ein Ausgehungerter. Wie beherzt war ich doch, als ich es wiederfand, mein Land, dennoch: Ich seufze. Ah, unablässig ruft die Straße den Reisenden! Allein die Lust auf andere Orte nahm ich mit, von wo ich wegging; vergessen möchte ich gar die Leute, in deren Mitte ich so lange gelebt habe. Verwischen soll sie, Spur meiner Schritte, verlorengehn.

Eines Morgens also machte ich mich auf Richtung weißer Obelisk in den Bäumen. Schlammlöcher querte ich im Sand, auf dem riesige Erlen ein Gewölbe warfen aus Lianen und Laub; weites Land dann mit Wacholder, Stechdorn, weißen Felsen, warm vom Morgenrot. Aus der verbrannten Grasnarbe wächst Steppengras mit seidengrauen Flocken. Weit da draußen kann man über den Kiefern die steinerne Nadel erkennen; kommt man näher, verschwindet sie, wie ein Salzblock, der an der Sonne verdunstet. Und wird auf einmal, an einem bestimmten Punkt des Waldes, als Silberpyramide wieder sichtbar. Mag sein, die unmerkbaren Falten im Gelände haben dir das angezettelt, doch unentwegt verwirrt und verunsichert einen diese Verflüchtigung, die aus der Landschaft kommt: Ein Stück von magischer Bedeutung, was da vorne über eine ferne

Gauklerbühne geht. Ohne zu verstehen, ist das Herz doch gewarnt.

Endlich erklomm ich einen wilden Hügel, der ganz allein steht, und war am Ort des Stelldicheins. Auf die Stufen des Denkmals legte ich zwei Anemonen hin. Einen Augenblick schaute ich zögernd umher, zwängte mich dann kriechend in die Büsche. Meine verrückten Freunde und ich, in den Wäldern um ihre Wohnstätten hatten wir manch kühnem Rotkäppchen so aufgelauert. Doch wenn er träumt, ist entwaffnet der Jäger. Die Glocke schlug, und ich erblickte, dem Schild eines Ritters gleich, jenen blauen Mantel.

Sie kam. Lächelnd nahm sie die beiden Blumen, sah, unschlüssig, erstaunt, in die Runde, murmelte, und in dem Amphitheater des Waldes war's, als ob sie riefe:

Den Wolf, den Fuchs, die Lerche höre ich;
den Wolf, den Fuchs hör ich heulen.

Nicht weit davon ein Bauerngut, Gänse auf der Weide, und diese stakten geradewegs auf mich zu. Ich wagte mich dennoch aus meinem Versteck heraus. Wolf, Fuchs, Lerche, war ich's denn? Ein Schritt im Laub, das leiseste Knacken eines Zweiges, und sie würde fliehen, ich ahnte es. Mit einemmal ging sie denn auch, aber ruhig und still, und ich war fest entschlossen, ihrer blauen Flagge bis ins Herz des Waldes zu folgen.

Zwischen Abdrücken von Ziegenhufen drangen wir auf einen schmalen Pfad. Dann und wann verließen wir den Schutz der Föhren; von einer Erhebung in den Schwefelanemonen konnte ich die unendlich baumbestandene Weite sehn (und wie sie sich verlor, ein Geflöck im Himmel, von der Erde ein Dunst, der dorthin aufstieg), und riechen konnte ich den Duft dieses Meeres, konnte weit voraus im Veilchenblauen, im Kräuseln jener Wogen einen Mohntupfer ausmachen, das rote Dach eines Prachtguts. Der Schwalbenschwanz zeichnete unsern Weg durch den Wald vor, der Blattkäfer, eine ultramarine Libelle und andere, ganz klein, deren Flügel man nicht sah, so daß sie wie winzige blaue Stäbchen erschienen, die mit ruckartigen Hopsern fliegend vorankamen. In Lichtungen reihte sich, knatterndes Quaken der Frösche, Teich an Teich. Ich kam ins feuchte Gras zwischen zwei Steinhaufen: ein paar hundert Schritte vom Gras zur Höhe, wo man Baumstümpfe gewahrt, die von alten Wasserfuhren sind. Man nennt sie auch die Säulen des Simeon, doch nur jene aus der Familie, die auf der grünen Schilfweide wohnt, die da im Wind nun wiegt, nur sie kennen den Grund und halten an den Namen fest. Von hier aus zielte mein Marsch auf ein verlassenes Gemäuer und auf einen dunklen Weiher, der dich ängstigt. Der Aufschein, silbrig weiß, von toten jungen Forellen, im Wasser modernde Tannen, der Schatten, der wie ein Abdecktuch vom Hausdach fällt, das sind nur Masken, doch meine Sinne hatten sich nicht getäuscht, und ich wartete nicht darauf, daß zu wirken begänne die schwarze Kunst jenes anderen, der dem Hahn seinen Schrei ewig vergönnt.

Wir waren in einem föhrenbedeckten Hügelabschnitt, von der Sonne sacht gestreift. Es ging auf sechs Uhr abends, und auf den Baumkathedralen glänzte wie Honig jenes Goldgelb aus Grün und Schwarz. Der Weg fällt zum Fluß ab. Hinter den Weiden scheint Ödnis auf aus Wasser und Stein. Schmale, graue Striche, wie von den Bachstelzen gezogen, die über den Sand hüpfen, so diese Wüste zerschneiden. Leichte, bewegliche Holzstege sind's; bald einmal stürmte ich über das Gebälk, die Wogen peitschten mir ihren Schaum entgegen. Die ich verfolgte, watete durch die Wasserarme des Flusses; wir setzten den Fuß auf Inseln, auf denen Birken wuchsen, schlanke weiße Lanzen, aufgepflanzt inmitten unentwirrbaren Dickichts. Wie der

Pharao den Hebräern auf den Fersen war, so machte ich mich, durch die Mäander der Erde, hinter meiner Geliebten her. Die Augen suchten die Weite ab. Ich steckte in der flachen Rhonesenke, mitten im endlosen Wald, auf einem Stück dieser Erde, das dem bitteren Absinth glich.

Was an Leid, bei dieser Pflanze voller Herbe, dem reinen Honig sich versetzt, das ist der Geschmack unseres Landes und singt im Duft des Waldes, der heilsamen Winde, in der Tönung des Wacholders singt es, in den Farben des Flusses, und es singt, über dem Weg, den der Schatten nimmt, in den Hügeln, den kühlen. Mit seinen tiefen Einschnitten beherrscht ein hohes Gebirge diese Stätten. Stromab erröteten die blassen Felsengestade im Licht. Durchscheinende Flügel, von der untergehenden Sonne zum Regenbogen entzündet, querte eine Schmetterlingswolke den Fluß. Fortgetragen von diesem himmlischen Netzwerk, flog meine Freundin die jenseitige Küste an, am Ufer sah ich ihr Bild vergehn. Ich sputete mich; klopfenden Herzens erreichte ich in den Bäumen den Ort, wo sie entschwunden war.

Blauer Mantel mein, wohin willst du dich retten? Mit ein paar Schritten drang ich auf eine Lichtung hinaus und stand vor einem Haus wie aus dem Märchen. Ich sage das ob der Wirkung, die bei einbrechender Nacht hohe Ulmen auf mich machten, das weiße Gemäuer und die dunklen Fensterkreuze, darin ein Binsenbüschel hing.

Gabe, Médore und Vera
Was immer in der Schwebe bleibt

– Sei gegrüßt, Leonhard! Deine Bilder haben uns doch noch erreicht. Wir waren in der Hütte da unten im Schilf und halfen Vera.

– ... Und Gänse haben wir geschlachtet. Nun ist sie mit den anderen fortgegangen, doch werden wir sie in A. wiedersehn. Wo ist jenes Haus, von dem du uns erzähltest?

– Gleich über dem Fluß. In den Bäumen dort erspäht man eine Fassade: Die Vorhänge sind zu, doch das Haus ist bewohnt. Tauben streichen übers Dach, und die Bäume ziehen einen magischen Ring rundum.

– Was war in der versperrten Kammer, sag's uns!

– Haufen verstaubte Kartons, darauf ein prächtiges Katzenfell lag, Musketierstiefel, Schnurrbart, ein Samtbarett mit roten Federn, Florette.

– Und dann?

– Neben den Stiefeln feiner Musselin, zwei zierliche Ballettschuhe.

– Was noch?

– Tief eingelassen in die Wand eine Miniatur, Schlittschuhläufer zeigend. Klein, als sähe man es mit dem Feldstecher, zieht inmitten ihrer Gefährtinnen ein Mädchen seine Schwünge; blond das Haar, und es schwappt ihr über die Schultern, flatternd auch der lange, aufgeknotete Schal.

– Fabelhaft!

– Sacht öffnete ich die Kammertür und war im Flur. Eine Geigensammlung bedeckte die Wände, und da stand ein großer Kachelofen, auf den ich mich setzte.

– Die Violinen waren vielleicht verwandelte Menschen oder Tiere.

– Ich zweifle nicht daran. Ich sah ihre Herrin.

– Wer ist sie?

– Eine junge Frau. Sie gebietet einem schwarzen Hampelmann.

– Was sind ihre Wahrzeichen?

– Edelsteine, Muscheln, Kiesel.

– Und sie, wem gehorcht sie?

– Niemandem. Träume warnen sie und geben ihr ein, was sie zu tun hat.

– Ihre Lieblingsblume?

– Das Leberblümchen.

– Ah, du mußt sie uns beschreiben!

– Mit ein paar Strichen nur will ich sie euch zeichnen. Ihre Stimme, so wechselvoll: elegante junge Dame, Kokotte, dann wieder von wunderbarer Einfachheit und Frische. Und die blaßblauen Augen, feenhaft ein bißchen, erfüllt manchmal von einem Staunen, das sie beinahe unwirklich macht. Dunkel sollte ich sie sehn, stürmisch bewegt, von Leidenschaft verwandelt ins begehrende Grün.

Das sind meine Freunde Gabe und Médore, ein gottbegnadeter Sänger, Erbe einer Ranch, einer Bar, von einem Swimmingpool, und ein Moralist, der durch seine erlesene, wahnwitzige Gelehrsamkeit vom Weg abkam. Die beiden fragen mich über ein unbekanntes junges Mädchen aus, und ich gebe ihnen Antwort. Auf der Landstraße stießen sie zu mir, auf jener Kreuzung im Wald, an der wir seit zehn Tagen verabredet waren. Gen Norden machen wir uns auf; einige von uns warten in einer benachbarten Grafschaft, dazu kommen Vera und ihre Brüder. Nur Rossa fehlt, Rossa, der so große Gefahr läuft – glücklicherweise konnte er sich inzwischen wenigstens in Sicherheit bringen. Ausgeworfen hat ihn der Kerker von Fossano (Piemont), er schreibt gar über jene Zeit der Prüfung; uns zieht's nach Liechtenstein.

Vera ist die Königin der Nomaden.

Liebe Vera,

Wie erging es Euch denn, diese Woche, Euch und all den andern? Glaubt mir, ich denke so oft an Euch. Und soll ich sie beschreiben, unser aller Freude, Euch wiederzusehen in Liebe? Unser kleiner Freundeskreis, mit der scheuen Grasmücke als Attribut, daß er doch die »Freunde im Abenteuer« alle versammeln könnte im gemeinsamen Geist der Poesie, der Freiheit. Vielleicht gelingt es uns gar, eine in diesen schwierigen Zeiten wertvolle Vereinigung zu gründen und damit den Gesetzen der Sklaverei von Staates wegen zu entrinnen, die das Leben des einzelnen zerschlagen; vielleicht bekommen wir einen regelrechten Laienorden hin; er gliche der Londoner Bettlergilde oder jenen Sekten von Landstreichern, die mittels geheimnisvoller Zinken weiterleben und deren Prälaten in einer Vorstadtkneipe dann und wann Zusammenkünfte einberufen. Denn wie sollte man in der modernen Welt auch überleben ohne jenen Scharfsinn, der geradezu einer übernatürlichen Gabe gleichkommt?

Nicht abwegig wäre ferner, zu denken, wir bildeten die Zelle einer mächtigen, wenn auch anarchischen, geheimen Gruppierung der Gesellschaft (Paris, unsere Stadt, herrschte über die

Nationen, und wir bauen noch immer darauf), und dies vor Augen, uns darauf besinnend, erfreuten wir uns, wer weiß, eines zweiten, unsichtbaren Lebens. Freunde alle, daß wir da, dank der Mittel, die wir zusammenlegten, dank gewandter Operationen anstelliger und geschickter Mitglieder der Kirchturm-Bande, daß wir denn wenigstens das eine Vorhaben zuwege brächten: unsere Unabhängigkeit. Und daß wir die Welt durchstreifen könnten!

In ein paar Wochen wird Pfyn Quartier sein zu jener Reise, die nie mehr aufhören soll, erste Station auf dem Weg ins Abenteuer. Haben wir denn, wenn's not tut, nicht Zufluchtsstätten schon, wirtliche Häuser im Wallis, in Italien, im Norden der Schweiz? Genau wie jene anderen, die wie die Schwalben mauern und im Herzen der wildesten Orte ihre Kartausen erbaut haben. Vera, Ihr lächelt? Mag sein. Aber mit so viel Wohlwollen, nicht wahr, und auf dem Sprung nach Portugal, zu Fuß (wo Ihr, scheint es, einen Besitz am Meer habt); nachdem die alten Provinzen alle durchwandert sind, in jene Stadt Lissabon kommen, die, wie's Valéry Larbaud schildert, zum Vergnügen und zum Ausruhn nur so gemacht ist. Bald einmal, wenn sinnlose Ereignisse einer Welt ihr Ende nehmen, von denen wir nichts wissen wollen ... Wir spüren das Klopfen unseres ungeduldigen Herzens.

Sieh an, er kommt, der Frühlingstag, der unverrückbare, an dem – neu einfallende Singstimmen auf der ganzen weiten Halbinsel – in den Straßen aller Dörfer und Quartiere die kleinen Mädchen abends nach der Schule wieder anfangen, Seil zu springen.

Viva la Calle Mayor
Viva la Reina Isabel ...

Nicht wahr? Und ich teile Eure Ansichten über die Zivilisation. So würde ich sie umschreiben: weiblicher Feinsinn (in allen Dingen, in den Sitten, der Kunst ...), seitens der Obrig-

keit viel Rücksicht auf den Bürger, Freiheit, Explosion der Natur.

Nun denn, auf Wiedersehen, Vera.

Leonhard

... Da wir durch den Wald gingen, zeigte ich meinen Freunden auch den weißen Obelisk, wie er da mit einemmal aus den finsteren Gezeiten der Bäume ragt, Phönix gleich, der seiner Asche entsteigt.

Testament der oberen Rhone

Für drei Freunde:
Haldas, Houriet, Chevalley

I

Ein paar Meilen nur vom Wald weg wohne ich, am Ende der Weiden, auf denen die Wasser vergehn. Durch die offenen Fenster der hölzernen Behausung (die mich trägt und eine ganze Familie verlotterter Kinder, am Schlafen jetzt) hört man das Gebimmel einer Ziegenherde, wie fließendes Wasser schiebt die sich über die Hänge oder wie eine Wolke aus dürrem Laub. Schattenhaft entsteigen den Feldern Umrisse von Menschen und Tieren; reglose Pferde gewahr ich, auf irdenen Sockeln, oder ziehende Trugbilder, schwarz. Der Sanduhr entfliehn die Sekunden: Die kleinen Figuren, dunkle Gespielen meines Sinnens, melden die Stunden. Bewegen sie sich, fühl ich den Tod. Wie auf einer Egge zerren die Tiere mich über die Feldarbeit, über das Leben hinaus; und der Himmel, und diese Sonne, von Krähen verschattet: mein Blut, was sie berieselt. Verhängnis aus Versehen, tat ich ihn auf, als ich heranwuchs, den Fächer des Traums – und die Entführungen geschehen, wenn sich die Schicksalsstränge spannen, die mich an die Sonne ketten. Nun aber trifft mich diese Bedrohung in der Wüste weniger, denn hier bekommt Nahrung der Geist, der über mir wacht, sein Widerhall schwächt ab in meinem Hirn, das verwest gleich der Kinnlade des Esels im Sand.

Unbedachte Klausner waren es, die mich entführten, damals, auf die verwilderten Fluren, Landstriche, treibend zwischen zwei Breitengraden, bis an die Gestade jenes Stromes, dessen Name ich, wo ich geboren bin, gelesen hatte, Kreidegekritzel auf den Karren des Wimmets, was mich an eine Art heiligen Bund denken ließ. Wo die Wasser dem Rhein zulaufen, da ging ich hin, fand lange Unterschlupf in einem Dorf von Handwerkern, nächst den Lachsfischern. Freudig habe ich dort, spät im Jahr, auf die zauberkräftigen Nebel gewartet und darauf, daß dem sanften Frühling meines Lebens ein Winter der Seher folge. Diese Landschaften, halb verhängt immer, von Schatten schwarz, zogen mich an. Tage der Ekstase, Tage des Exils lebte ich dort, zu jener Zeit, da, genarrt, unser Verstand eins ums andere einen Baum betrachtet, Brücken, einen Bauernhof, indes wir doch unsichtbaren Abgründen entlanggehn. Ziellos schweifte ich denn, ließ dann, zu alter Liebe kehrend, jenen vom Flug des Regenpfeifers abgezirkelten Hafen hinter mir, fand meine Heimat wieder.

Ziel meines Streifzugs ist Ort einer Strandung nur. Im Ring der Wälder richte ich mich ein, nah bei den Schilfrohrtümpeln, deren Dunst den Sang der Grasmücke vernebelt, oder am Rand eines heidelbeerenroten Bergkaps, das die Ebene überdacht. Mitten im Wald weiß ich eine Lichtung, wo das Gemäuer hell und heller wird; über dunklen, blauen Schluchten eine besonnte Terrasse, auf der die Scheunen und die kleinen Schober der Bauern stehn. Aus dem Schlamm der Rhone reckt ein Turm, und es kommt vor, daß ich mich dort einschließe, wenn der Abend verbleicht. Wie eine Schar Tauben girren in diesen Gefilden die weißen Brunnen der Gehöfte. Ich kenne meinen Ursprung nicht; in seiner Morgenfrühe vertut sich mein Leben bei den Rebdörfern, den kleinen. Fata Morgana alles, und eine jede Frucht fällt vom Baum, und die Vögel des Himmels tragen sie fort.

Noch aber irrte ich um die Häuser der Armen, am Saum

einer recht großen Stadt, in die ich nur gehe, um an der Schwelle düsterer Hotels meine Freunde zu treffen, Mitglieder alle einer orientalischen Sekte, oder um Frauen zu erkennen in ihrem Fleische. Der Staub dieser Straßen wirbelt noch immer hoch. Wohltuende Angst trieb mich durch Pärke und alte Quartiere, dort, wie es kam, die Menge bei zwischenmenschlichen Heimlichkeiten zu orten; wie eine Unze Gold wog ich die eigene Wollust darin, die Trauer meiner Kindheit. Die Fliedergärten suchte ich auf und die äußerste Banlieue, wo sich Cafés und Kramläden haufenweise mischten, fast wie in den Knochenknäueln, die ein Eulenmagen zurückgibt. Von über den Gräbern ein Wind zog in der spätesten Nacht dort die jungen Huren ab. Wer lieben wollte, dem blieb nur eine verborgene Karriere offen. Bis in den frühen Morgen lösten, Rosen verkaufend, die Bettler einander ab; mit ihnen nun kehrte ich aus der Stadt aufs Land zurück. Unter der fließenden Sonne besahen wir uns die standfesten Rußmauern, liehen ein Ohr dem Geläute irgendwelchen Kirchturms, dessen säuerliche Früchte auf den Schulhof fielen.

Ach, Horizonte des Lebens, ach, ihr Verheißungen der Jugend! In meinem Ohr wie mit einer Muschel den Schaum eines Festes einfangen, den unablässigen Lärm der Fuhrwerke, Karren auf der Straße, dem Wimmeln nächtlicher Lichter zusehn, das mag ich. Jede Stadt ist das neue Jerusalem. Soll sie vergehn, von mir aus, die Welt der Menschen, »Schatten, die Gott nach Sonnenuntergang richten wird«. Der Purpurabend löscht mir die Augen aus, es verlangt mich nach tieferer Erkenntnis. An fremder Helle will ich mich nicht weiden, wohl aber an jenen Bildern nach Tagesabbruch, auf die der Weise lüstern ist, weil seine Seele in das dunkle Netz geht. Unseren Leib durchdringt sie, legt ihn auf alles, was west, und wie die Taube ruht sie in verwilderten Gärten aus. Ich lese Gedanken aus Landschaften und zwinge mich, die meinen dort einzuholen; so will mir sehr wohl erscheinen, es seien vom Tode geplagt jene Flüchtigen, sie zogen sich auf verlassene Orte zurück.

Die Quellen führen uns zu den Anemonenfeldern, zum Meer, hinfällig in seinem Dunst. Im Jenseits beginnt unsere Glückseligkeit. Unsere Fragen sind nur Zwiegespräch zwischen Schatten und Widerschein, gleich dem Paßgang eines Handlungsreisenden in einer Wüstengegend. Wo mit dem Salz der Einsamkeit die Welt zu Ende geht, hause ich. Am stehenden Wasser weiden die Herden, und es funkelt der Sommerstern. Unter dem Kraut glimmt das Feuer, die Hirten versteinern im Wind. Keine Gegend kann Nest mir je werden, sei denn, sie hätte diese Bitternis und diese Veilchenwürze. Meine Wurzeln treiben hinab in die heimischen Dörfer zwischen den Föhren felsiger Berge. Minderer Moses eines Völkleins ohne Zukunft bin ich. Die Nacht der Epoche spritzt ihre Galle aus. Der Fremde ist's, der uns vorangeht in die Heimat. Den Ort meiner Geburt zu suchen, spiele ich mir vor, jenes geheimnisvolle Land, das mein Geist schon bewohnt, und dessen irdischer Engel in mir redet mit zürnender Zunge. Die Gnade des Dichters buhlt mit der anderen. Schwarz bist du, jedoch schön. Als fruchtbringende Kraft bleibt uns allein das Gebet, denn trübe wurden unsere Gaben, was soll's, da das Ende der Nationen naht. Wie das Schlagen der Mitternacht eine werkende Arbeiterrotte ermuntert, so entflammen helfende Jugenderinnerungen unsere Erwartung. Das Verlangen ist eine Kugel ins leichte Herz; die neue Zeit, darüber soll man schweigen.

Die Sagen hatten mich, für ein paar Tage, in ein verlorenes Bergdorf gelockt, wo ich, allein und in aller Heimlichkeit, einen Berg betrachten wollte, Kegel aus Schnee und Heidekraut gleich dem vertrockneten Blut, an dem die Sonne aufging. Empfangen, dann verstoßen von den Meinen, hatte ich mich einer gewissen Lebensart entledigt:

Freier wollte ich sein und diese unverdorbene Art des Schauens (die sämtliche »Kirchen« vergißt) überall hintragen. Was immer die heilige Taube verschweigt, ich will es bekennen. Über den weintragenden Hügeln schwären die Schlote von dort unten. Den Schattensockel hatte ich erklommen, floh dann in eine Kornlache, mitten in den Wäldern, die einem Clan wilder Bauern gehören. Wie Flöße im Nebel, hüllt Staub aus den Totenebenen deren Felder. Den Tannenwald überragend eine Allee armseliger Häuser, über den Schieferplatten blitzt der Rotschwanz. Bei den letzten Dächern fängt das menschenleere Land an; jener Kegel dann, der sich am Wein der Morgendämmerung labt. Unverdrießlich und schön halten die Dinge stand. Doch da sie das kristallhohe Alter des Berges erfassen, staunen meine Augen; mein Vorgefühl für die Stunde, die Jahreszeit. Welch glücklicher Gedanke in diesen Jahren einer sonderbaren Krise mich noch antreibt, weiß ich's! Das Wort, das aus dem Orient kam, im Rauch unseres Schlafes geht es auf, in uns drin verfallen die göttlichen Zeichen. Natur ist nicht mehr, und es ist keine Menschlichkeit mehr. Das Brummen folgsamer Bienen nur spinnt, zwischen Schatten und Sonne, unseren Traum noch weiter, den wachen. Eingeweicht schon sind wir in der Einsamkeit, wir flüchtigen Kornetts abgestorbener Dorfschaften. Unser Leben: ein Goldfaden im Schußgarn, das zerreißt, weiter nichts.

II

Was nun ist das Verhängnis, das über uns herrscht? Wir sind in der Welt wie unnütze Knechte. Manch einem wurde gesagt: »Ihr habt euren Lohn in dieser Welt empfangen«; anderen hingegen wird auf immer fehlen der winzige Wassertropfen, nach dem ihr dürstender Gaumen lechzt, ihr dürstendes Gehirn. Abtrünnig noch, bleiben sie Jünger des Leidensmannes. Durch ihren Honigmund wird die Wahrheit reden. Seltsames Geschick übrigens, das Los unserer Gesellschaft, vergleichbar einem Rinderkopf, der auf einem Feuer aus trockenen Kuhfladen gart: Was die Zunge dem Boden entriß, nimmt recht schlimme Vergeltung. Hach! Kunst der Schönrednerei, des Denkens, des Ausdrucks. Wenn erst, wie die Revolution der Aufklärung, ein Schrecken der Erleuchtung folgt, wird das die Hirne auftun. Ach, daß sie gelänge, die große Verschwörung gegen die alten Kasten!

Zerrissen, wie ich bin, die Katastrophe ahnend, bleibt meinen elenden Kräften als einzige Zuflucht: die Schönheit; dazu der Odem meines Landes. Vom unermeßlichen Widerhall meiner Klagen, meiner Leidenschaft, von der Zukunft, jener Pfeilspitze Curare in den entschlafenen Dingen: davon sollen meine Landsleute zehren können. In der Einsamkeit kam ich ihm nahe, dem Augenblick, dem ein Sang entspringt, jenem der Vögel gleich und mit der ichlosen Stimme von Propheten, die der geschundenen Scholle Sorge tragen und den Bauern aus notleidender Zeit. Eine zweifelhafte Geschäftigkeit allerdings hat mir diesen Saft wieder vergossen. Ich war Soldat, doch einer in rauhen, schattenverfolgten Landesteilen, die ich mit einer Handvoll Männern bewachte; Marschbefehle holten mich, warfen mich unter die lärmende Menge, auf Kasernenplätze, unter subalterne Vormundschaft; hier oder da habe ich, zu den Dörfern der kalten Wälder, der Magnetberge, nichtssagende Verbindungen noch unterhalten, lebte von der Freigebigkeit anderer. Reichlich falsche Verpflichtungen entzogen mich dem Reich meiner Zurückgezogenheit.

Worte schrie ich heraus, in denen nichts als die Wahrheit ist. Eingemauert in die Vergangenheit, beliebten die Dörfer zu schweigen. Den spanischen Bürgerkrieg hat es nie gegeben, vor der Tür ländlicher Wirtschaften ruhen die Gewehre. Der unbekannte Künstler ist ein Betrachter, wie ihn chinesische Stiche darstellen: reglos unter einer Kiefer kauernder Mensch, scheues Wesen, das die Figuren seiner Träume schnitzt. Unter dem Nadelbaldachin versandeter Steppen oder auf kahlem Berge verfertigt ein Bauer das ungewöhnliche Spielzeug, indem der versucht, auf einem Holzstück der Zeichnung zu folgen, die seine Begriffe übersteigt und eine Summe jener Ausführungen, rituellen Gebärden ist, welche die Arbeit auf dem Lande erfordert. Ein Stein, eine Blume, ein Würmchen gar festigt seine Entschlußkraft. Einen menschengültigen Entwurf will er offenbaren, will die befreienden, die magischen Figuren aufreißen einem ganzen Volk, das die ungeheure Unterdrückung mit seltenem Gleichmut erleidet.

Mehr als anderswo ist Poesie hier eine unausgesprochene Kraft, die ausdrücklich und überhaupt dem Volk gehört; die Dichter werden Seher sein, in der Tat. Wir erforschen die sanften Abgründe der Kindheit, wie die Eule der

Heiligen Schrift entdecken wir die geheiligten Gesetze, heute deren ausgebleichte Trümmer. Sieben Jahre Sturm haben unsere Fährte verwischt. Wie in der Ferne die blauen Hügel, so stehen unsere Träume auf. Die ausgeworfen wurden von ihren eigenen Dörfern, Städten, sie allein werden zum Schreiben berufen sein, werden der entschwundenen Welt ihr Testament machen können. Die Erben, ich grüße sie: Fabrikarbeiter, Hirten, Roggensäer, Krämer von Trauben und Aprikosen; sie werden unsere Geschichte machen, nicht mehr die Advokaten. Sie haben dem Land seine Namen gegeben. Ihr ganzes Leben ist eine einzige stumme Tragödie, und sie zieht sich über Wege und Wegstrecken, düsteres Gemäuer, weit auseinanderliegende Felder.

Nackt ihr Gesicht, nackt ihre Hände, nackt die Wohnstätten der Seele. Wie eine unbekannte Quelle versiegt der Schlaf der Erde.

Auf dem Flußsand vermählt der Birkbaum sich der Berberitze, ascherne Bergtäler reichen sich dem Nomaden dar. Wie Muscheln kleben die kleinen Dörfer am Eingang zu den Schluchten. Über verschneiten Pässen reift der Mond, begleitet vom Stern, dem bald schwarzen, bald blauen, der als ein Hirte am finsteren Firmament ersteht. Was für Gütezeichen verlangt ihr von einem Werk, wenn nicht die Fluchten, wenn nicht die Verwurzelung eines Wesens, den Geschmack von einem Löffel Wasser und alles das, was der Verbindung von Gestirnen entspringt. Im Bewußtsein wandern die Symbole, sonnengleiche Abwandlungen jener Motive, die, wie die Margerite, bei den Leuten hier in Wolle oder auf Weinfäßchen erscheinen. Ich folge dem Ariadnefaden, der uns mit den entschwundenen Geschöpfen verbindet.

Seltsames Wohlergehen habe ich erlebt. Sanft schlummernd mein Geist, wie jene holz-, jene steinverkleideten Götter, denen in ganz Asien die Bauern ihre Gaben darreichen; Gaben, die nachts von den Priestern weggeholt werden. Manches Mal hatte ich das Gefühl, ich sei eine Rose, ein Dorf mit seinem Rauch, ein Winterwald, eine Straße, an der frostgepanzerte Bäume im Lichtschimmer erbeben, Pflaumenbäume mit ihren gelben Flechten. Unsere Sinne, das Denken, für einen Augenblick brechen sie in den Dingen, als könnten sie diese befruchten, und es scheint, es gehe ein Rätsel daraus hervor, die fragile Verheißung der Welt, die aus dem Ungefügten heraustritt. Wiedergefunden aber habe ich die gestohlenen Opfergaben, Hostien der wilden Völker, Früchte der bitteren braunen Hänge an jenen Bergen, über denen die Sterne eine Furt haben. Auf den Hochebenen, bei den Quellen weiden die Schafherden. Über den verkalkten Weiden hängt die Traube der Gletscher. In den ersten Morgenstunden schlägt der Auerhahn, und die Schneehühner lassen ihren seltsamen Schrei, der dem Knurren hungriger Mägen gleicht.

Der Wind leckt die Tiere und das Plateau. Die Menschen sind Boten nur. Sieh an, das kleine arabische Dorf, nach dem ich mich inständig sehne, in dem ich aufgehe: Auch da knackt man goldene Nüsse zur Weihnacht. Doch heißt es die Menschen verlassen, wenn sie wiederkommt, die Zeit der Flucht, der Entführung, die Paarungszeit der Geister.

*

Meine Mutter sah ich sterben zur Zeit der Frühlingswinde. Jungfräulich und frisch war ihr Seufzer. Mächtige Winde fahren, diese fruchtbar machend und sie zerstörend in einem, durch unsere Provinz; der hochalpine Föhn und, nach seinem Bilde: die rücksichtslose Logik der Stadt. Familien, Kirchen, klar, das kann abgebeizt werden. Keiner bleibt, was er ist; wie Arven am Abgrund zittern die Altvordern in mir. Mit der Muttermilch habe ich sie mir einverleibt, diese Unruhe. Oh, weich und zart war der weibliche Stamm im gebirgigen Bagnes: bäuerliche Vestalinnen, schwere Matronen mit ihrer nicht minderen Frömmigkeit. Lieber hätten sie mich mit Honig handeln sehn oder mit Vieh: daß ich gelebt hätte, ohne das Glück vom Kummer zu scheiden, statt aus dem Alten Land jene bittere Lust zu schöpfen, die zum Angelischen hinstrebt, zum Unsichtbaren.

Wir gehen auf die Hohen Nächte zu. Niemand wird glücklich sein, noch zufrieden mit seinem Tun. Auftreten aber wird das unstillbare Bedürfnis, sich der Natur zu bekennen, abzusteigen in die Schlünde und dort loszuheulen. Die irren können, habe ich geliebt; sie erbetteln sich das Recht zu predigen; ich jedoch, wie der Wein das Wasser milchweiß trübt, so will ich mich der Menge später zugesellen. Die Grammatik eines Teils der Erde ist hier vergraben; Stirnen von Menschen, Deckenbalken der Häuser, Granit: Auf alledem stehn jene noch ungeschaffenen Silben, die Gott allein anrufen. Tag, an dem das aufbrechen wird! Darum hat unser Volk immer geschwiegen, wollte von Kunst nichts wissen, wollte dieses bleiben: Dörfer von Stummen und Dörfer der Verzückung. In ihnen suche ich die Gene einer Persönlichkeit über alle Maßen.

Tief ist die Seele, die in den verstreuten Gemeinschaften zutage kommt; im Absinth, dem herben, erkennen sie sich wieder, in der Enzianwurzel, in vorrückenden Gletschern, Einsiedeleien, an den Berg geklatschte Zellen, mit diesem Siegel für den Besucher oder Gottsucher: WAGE DICH NICHT AN UNS HERAN, SIEH HIER EINEN FINGER, DEN WIR MIT DEM BLUT DER LIEBENDEN SCHON BEFLECKT HABEN. Dieses eine Wort, das ich gerne aufs Wasser, in die Erde geschrieben hätte, die sich zersetzt. Unheilbar Kranke, liegen im Dunkel ihrer Wohnungen die Empfindsamen. Knabbern ein paar Nüsse, Oliven, Nahrung hier für Müßiggänger und Entwurzelte.

Mit endlosem Gemurmel bricht die Straße über sie herein, die Straße und dann die Felder, doch nichts mehr, was ihnen ein Ziel wäre, die betriebsame Erde kann sie nicht tragen. In die Mündung eines Tales rammt man den Pflug. Mich bewegt, was alte Bäuerinnen sagen, Melker, jene übergroßen Weinreben will ich sehn, die Fassaden und Dächer decken. Ich spüre die Drangsal, und ich spüre, wie sich der Saft zurückzieht. Eine große Parfumflasche ist uns zur Neige gegangen. Dies der Grund für den Gram, so stark bei gewissen Leuten. Die Schönheit aber, in tausendfacher Pein stets verborgene Essenz, wird sich auch noch der rohen, der schmerzenden Mühsal von heute entringen. Wenn ich genau hinschaue, dann ist es nicht das triste Fremdenverkehrsgewerbe, noch sind es die tristen, verführerischen Banken, was in meinem Land obsiegen wird. Die Vergangenheit versinkt in der Finsternis. Was einzig unversehrt bleiben muß, der Glaube – vielleicht ist das an Unheil gebunden, an Verlust, zerschlagene Vaterländer, die wieder aufstehn. Wie Ihr leiden werdet! hatten Priester, bei uns zu Besuch, meiner Mutter in klarer Voraussicht gesagt. Wenn ich denke, was alles vorübergehn, was alles neu werden muß, erwidere ich, von meiner Warte aus, dasselbe: Ihr auch, auch Ihr seid auserwählt! Ihr habt das Vertrauen mancher Geschöpfe. Wer weiß, ob nicht Ihr an den Felsen die Köpfe einschlagen müßtet, um für uns diese Wende recht eigentlich zu vollziehen. Tyrannen oder Krämervolk, sie werden Euch das Mark aus den Knochen zerren, das Geschlecht, das Gehirn. Anfang und Ende der Zeiten paaren sich in unserem Dasein. Ausgefällt wird dabei eine erhabene Priesterrasse. Unverzichtbar darum euer Opfergang.

Ach, wer gibt mir noch Brot, nun da ich diese Dinge verkündet habe?

*

Aufskizzieren will ich die umfassende Faltung von Felsen und Tempeln ringsum. Ich habe einen Mann gekannt, der war in den Stollen der Berge gewesen; er brachte einen Stein zurück und reckte ihn der Sonne entgegen. Mit den Mineuren vertraut, wollte er seinen Sohn einführen, in die Arbeit, ins Leben, ein Schmuckstück bringen der Frau, die er liebte. Unter der Erde stöhnen die Höhlen, ausgesetzte Neugeborene sind wir darin. In uns träumt die Natur sich fort. Ich lerne Erde, Stück um Stück. Lange rollendes Donnern wird Wort. Ich glaube, man muß sein Leben von vorne beginnen, bis einer hier sagt: Ich bin die Wahrheit!

III

Ein gewisses, aus der Kindheit gerettetes Empfindungsvermögen – ansonsten eher Zigeunern eigen – ließ mich wachsam bleiben und heißt mich ein Paradies suchen, das versackt zwischen den Landstrichen der Oberen Rhone, wilde Wiege jener Sippen, mit denen ich gemein mache. Aus der Familie der Lachse, steigen manche von ihnen flußauf, sich eine Frau zu suchen. Da oben wächst und vermehrt sich, unberührt, ein Vollblutvolk, dessen Art zu leben mich verändert hat. Alles ein Blut, was die neuen Träume leitet, doch inneres Erschüttern versetzt in mir den Lebens- wie den Todestrieb, Trug, Bild und Wirklichkeit, Geschichte und Jenseits, das Sichtbare und das Unsichtbare, um es in der Tiefe in einer einzigen Wurzel zu vereinen. Ein Gran Wahn und eine besondere Sensibilität: mein Vorteil; wie in einem Hotel, hinten im Empfang, die Glocke zu girren nicht aufhört, so warnt ein Signal mich genau dann, wenn ich übergehen will, was mich aufwühlt. Der Ruf läßt mich eine Straße queren, ein Haus betreten und über unsichtbaren Wasserläufen seltsame Gänge abmarschieren. Diese Unruhe legt sich auf alles, löst eine träumerische Neugier aus. Auf Orte, nein, die Häuser, auf die Häuser, nein, die Gesichter der Frauen, auf Gesichter, nein, auf die Rede eines Vorbeiziehenden. Der Hafer sticht mich, ein jegliches Ding, und Darstellung ist mir alles. Bin ich traurig, werde ich zum Wiedehopf, der sein Diadem von einem Schopf überallhin stellt. In dieser treibenden Welt will einen Ort ich mir erwählen, eine Frau, und – was mich hält – ich werde, statt auseinanderzufallen, meine eigenen Gedanken hinschreiben.

Zwei Gefühlskreise will ich dabei schildern. Ihr kommt an einen Ort, den ihr nicht kennt – habt ihr da nie den verblüffenden Eindruck, das ist nur ein Wiedersehn mit einer Landschaft. Sei es auch, inmitten von Tannen, eine verlassene Heide, unter einem Himmel so undurchsichtig wie Rauchglas. Die düsteren Krautplätze, die zu den Jurawäldern reichen, erinnern mich an den Rasen von Fußball- und anderen Stadien. Ball oder Tannenzweig, geheimnisvoller: Wie erste Vogelspuren auf dem Schlamm der Sintflut steigt die Entdeckung dieser plötzlich vertrauten Bilder in mir zurück, hinter die Erinnerung. In Wahrheit ist unser Dasein nicht zu erklären. Allen Menschen verbunden, betrachte ich ein mächtiges Fresko, ab dem wir Einzelheiten auf den flüchtigen Kristall eines Schattens kopieren. Die Häuser, von Dörflern erbaut; wie ihre Felder angeordnet sind; das ganze System der Wasserleitungen: erscheint mir als Zeichnung alles, schlafwandlerisch hingeworfen. Das Herz, wo wohnt es? Ich bin wie der Maler vor seiner Leinwand: Zu sagen, er vollzieht etwas nach, ist nicht genug, die Substanz wechselt. Das Schauspiel der Natur unterscheidet sich kaum vom Werk eines unbekannten Künstlers, das ich eines Tages im Salon eines ländlichen Schlößchens hier gewahrte: Ausgestreckt Christus auf einer Silberplatte, in ihn dringend die Schraube der Kelter, ein Engel am Hebel, eine Frau ermutigt ihren Herrn Jesus; seitwärts der blauen Dächer, am Rande des Fächers aus Reben, treten brantentragende Männer vor und schütten Trauben in die Kufe, während ein Diakon das Blut Lämmern zu labbern gibt und unter einem Felsen der Papst, kenntlich an der Tiara, in Fässern den

Wein (nun nicht mehr Wein) unseres Heils einkellert. Diesem Mysterium gilt mein Lob; es läuft auch hinaus auf den Urschlamm unserer Rhone, an dem hunderttausend Bauern hausen.

Mein Wohl und meinen Himmel, im Irdischen schaue ich das, doch eine Tür geht auf zu einem anderen Leben, erschauernd bleibe ich stehn und wage nicht, über die dunkle Schwelle zu treten, wo Bäume und Leute im Traume reden. Haben wir schon einmal gelebt, stoße ich auf Dinge, die andere Menschen wahrnahmen? Natur, o du Rebengeflecht unseres Blutes, ein paar von deinen Geheimnissen lese ich in deinem Weinberg nach. Seit der Stunde unserer Geburt fördert sanftes Nomadentum uns von einem unbekannten Ort zum anderen, vom frostigen Morgen zum Lavendelblau der Wälder, das der Nacht vorausgeht. Das Wer-da der Schildwachen Gottes, ich habe es gehört. Nichts an Wirklichkeit können wir erfassen und uns gemütlich darin einrichten. Verborgen bleibt uns das Ende. Die Welt bricht in Widerschein und Träumen, die unsere gelebten Nächte über die Gräber hinaus rufen. Die Kraft der Finsternis, die unser Leben bestimmt, läßt uns nur ahnen das Lachen einer Menge, das Lächeln des einzelnen, der sich unbeobachtet fühlte. Unter der Rinde der Dinge klopft eine zweite, heimliche Schönheit.

Winternacht, mein Freund R. und ich standen vor dem letzten Haus einer Burgschaft. Mit seinem Blaustich belebte der Mond die Landschaft, Schneelachen und feuchte braune Matten, darauf Orgeln von Nadelhölzern und Fruchtbäumen stöhnten. Auf den Bergen des Herzens schien jenes Haus erbaut, und beide hatten wir Visionen: einer, daß ein Quell entspringe, versträhne sich wie Haar im üppigen Geäst, dem jammernden, der Bäume, als hingen da Büschel weißer Schafwolle. Der andere, daß ein junges Mädchen siech und blind dort wohne. Der Tod – gar leicht teilt er sich der Ekstase mit, oder bei einer simplen Überraschung schon –, der Tod färbte unsere Gedanken mit einem Schuß Sanftmut und Trauer, jenem Honig, den die wilden Hummeln ausdenken. Kindern gleich standen da zwei Dichter, und eine verborgene Gestalt verband sie jener Bleibe am Fuß bewaldeter Kalvarienberge. Verführt vom Ungewöhnlichen, vom Ohnegleichen, schauten wir lange hin. Denn wie du drinnen im Stiel jener Federhalter, die man an Pilgerorten kauft, noch eine winzig kleine Glaskrypta ausmachst, Dome gar, genau so war diese Durchsicht auf die andere Welt, der unseren nachgeahmt. Die Schau, die ich habe, umfaßt die Dinge und die Tiere, merkwürdiges Umfeld der Seele, wenn die wirklich verloren und einsam ist, und dieser oder auch ein andrer Ort dient ihr als Dolmetsch, eine Amsel, ein Veilchen im wispernden Laub.

IV

Was also erkenne ich? Was denn ist verloren? Ich kann es wahrlich nicht sagen. Ein Blinder, tappe ich durch Straßensperren. Meine Sinne rühren – und sie trüben sich; wie Hunde lasse ich die Träume los, auf der Suche nach wirklicher Welt. Hitzig wittere ich eine Fährte, Jäger und Wild in einem, und nächtens drücke ich wie schwarze Maulbeeren mein Fleisch aus. Die Seele wartet auf ihr gelobtes Land und auf das Ende des Exils. Wenn sie mich wieder packt, die Versessenheit auf einen Ort, den ich gewählt hätte, erwecke ich damit jenen Zeugungstrieb, der, wie in eine Linie von Eltern zu Kindern, mich fügen heißt in den Austausch von Vogelarten, in den Fächer von Morgenröten, unter allerarten Anemonen und in das sachte Ansteigen der Flüsse. Alles wird abgestimmt sein, schließlich, feingestimmt, nicht nur in dieser Ordnung der Natur, in die ich mich einreihen will, auch das Menschengeschaffene wird erstrahlen in seiner Schönheit. Verlassen wird mich das Grauen vor dem Tod. Im Tiefsten werde ich ausloten, wie mein Wesen sich aufbaut. Freisetzen wird es sich aus der Vielgestalt, mit der es im Inneren Ägypten, meinem Unterbewußtsein, festsitzt und im Schlaf die geheimsten Worte buchstabiert. Ich bin ein durchlässiges Gefäß: Der Sterne Blut kreist in meinem Leib, und sanft zerreißt das Rauschen der Blätter die Nacht mir, Nacht wie ein Schatten.

Da ist jene ganz besondere Schönheit, geschaffen für mich allein, Adam ich, im Universum gefangen, voll übereinstimmend mit allem und jedem, was ist. Ich kehre zurück zu meinen Landschaften und gleiche jenen Pfauen, die man in Indien auf den Unrat in den Gärten abrichtet, das heißt: Sie müssen diese von Schlangen freihalten. Fort spazieren sie, über Land; zu festen Stunden aber werden sie von ihren Herren mit ein paar Körnchen Opium zurückgerufen. Wer weiß, mein Los als Dichter unterscheidet sich nicht von solcher Landstreicherei, nicht von der Jagd auf Reptilien, nicht von diesen schneidenden Schreien, von diesen Wiederkünften nicht und nicht von diesen Trips. Wie Edelsteine werden wir im Fels gebildet. Die Berge werfen Schroffheit hoch, und der Granit quetscht die kleinen Beeren aus: Opal, Saphir, von Wellen und Strahlen durchzogene Kerne. Sie werden, verpuppt, Auge und Licht trüber Seen, unsere Seelen, die hier zucken, genährt von all den Säften, und ich suche sie der Finsternis zu entreißen. Ich untersuche ihre Eigenschaften und jene der erhabenen, labenden Erde; wir sind deren verlorene Diamanten und ihre listig an die Kette gelegten Pfauentiere auch.

V

Wer sind wir? Wo kommen wir her? Wohin gehen wir? Unser Geist, Beute des Windes und der himmlischen Hyaden. Begraben bleibt das Geheimnis im Schoß einer tierischen Rasse, die sich an Pflanzen und Mineralien rieb, und von der wir kein Zeugnis mehr geben können. Der makellose Geist Gottes, er hat uns emporgehoben. Finsternis hüllte die feuchten Gestirne der Genesis. Vom Ozean verwehte Harztröpfchen, erschienen wie Ambra wir auf einer Lehmdüne. So ist es um alles Fleisch bestellt, um unseren ziellosen Durchgang zwischen Geburt und Tod. In uns regt sich der Abgrund, und der Zufall gehört zu unserem Nichts. Durch zu törichtes Tun münzen wir die Ewigkeit in Tage und Jahre um, wiewohl uns doch Schreie rufen aus dem Schattenmund und das Kristall-Gelächter der Eulen. In uns hat die Welt ihren Stachel gelassen. Ist es auch eine nichtige Quelle, in uns selbst müssen wir lesen und die verwischten Spuren stetsfort gegeneinanderhalten.

Schaut diese Hügel an, diese Märchengrotten, gestanzt von einer Unzahl kleinster schwarzer Öffnungen, wie Schlupflöcher von Insekten. Mit unserem Leben, das sich auf etliche Länder verteilt, mit unseren Verstrickungen überallhin (dem Gepäck einer jeden Menschenfamilie), könnten die Mehrköpfigen, die wir sind, dort Quartier nehmen. Dunkle Teiche verbindend, führen Höhlengänge uns hier und da zu den unteren Gestaden. Auf den Wänden beleuchtet die Stirnlampe des Mineurs das wunderbare Alphabet der Jagden und der Tänze, mit Tieren, die, vollendet wie die Rose, dort abgebildet sind. Eine Botschaft (ein Brief, von anderen Völkern hier vergessen) erreicht uns doch; ein Bild nagelt uns fest. Eingeritzt im Abstand tausender Jahre von Händen, leicht wie die Schnäbel der Turteltauben, finden im Schatten, auf der Flanke des einen Felsens, Tiger und Ren zueinander. Wie Steinbrech mischt sich die Flora, die Fauna des Äquators unter jene aus Sibirien. Zwei Weltalter aufeinander, und sie stellen uns wieder an unseren Platz zwischen Dschungel und Gletscher. Die Zeit, vernichtet auf einem einzigen kleinen Wandstück. Hin- und hergerissen bin ich beim Betrachten jenes Tigers, dieses Rentiers: wie zwei Vokale, aus denen in der Zusammenziehung von Jahrtausenden ein Ton wurde. Gerissen die Kette, die Lebewesen untereinander verband, waren diese dem geduldigen Sinnen der Natur noch einmal anheimgestellt.

Zu großen Zerstörungen sind wir geladen. Vor den Figuren, die da in Knochen eingeschrieben sind und in vergrabene Steine, rechne ich die innere Notwendigkeit eines Sanges hoch und das letzte, epische, das undeutbare Ziel der Schriftgelehrten, wenn sie, wie Sprenkelungen von Eiern, Zeichen hinzusetzen haben, auf daß ein Land seinen Weg zu Ende gehe. Ihr Berge, ihr öden, ihr Maulbeerwälder, worin auch liegt eure schmerzliche Schönheit? Ich sehe Herden von fuchsroten Schafen, Rudel schwarzer Schweine, Frauen mit Fellen aus Hahnenfedern und ein flüchtiges Wesen, das bei den Sümpfen dort zu den Maultieren schaut. Allen Menschen schreibe ich einen Brief mit meiner Heidelbeertinte, die ihr Rotblau nur schwer hergibt. Karpfe im Fischkasten, ziehe ich durch den Wald rings um die mütterliche Abtei. Mir selbst zu genügen mochte ich glauben, als ich die Düfte und das Salz meiner

Lebensnotdurft noch einmal zusammensetzte: Eine Flokke frischen Schaums kostete ich und von den scharfen Staudenbeeren; Mineralien suchte ich mir aus; die Verfärbungen des Flusses beobachtete ich, und in Sommernächten wurde ich, mein Gehör, von zirpenden Zikaden mit einem Stigma geschlagen; von neuem vermählte ich die Luft dem Feuer, der Erde das Wasser. Doch rührte ich an ein giftiges Glück. Die schwere Hummel im Glockenstuhl von Châble umdüstert mich, mein schweifender Schatten folgt ihr, dem Anker, auf meiner Erde. Ein Geschmack von Asche und ein Geschmack von Absinth streiten in meinem Mund. Oh, letzter Kuß, den die Kirche unserer Rasse gab. Krämerfinger und die Hände der Fuchtelträger in drei Kollegien klopften den Staub aus den Flügeln des schwermütigen Schmetterlings. Zu anderen Zeiten jedoch hatte mein Fleisch das Heil des Herrn erschaut. Ein jedes Werk zerfällt. Kastanien gleich, so sehen sich die jungen Mädchen eingesperrt, und das in Dörfern, dahin sich einst ein Tropfen Sarazenenblut verzogen hat. Wir leben wie die gelehrten Druiden. Um die Auserwählten schließt sich Einsamkeit. Kein Quell wird singen mehr auf Berges Schneide, und schweigen werden die Plätze mit den wilden Akazien.

Einen Takt vom Wind schlägt sachte eine Trommel. Vorüberziehn sollen sie alle, meine wortlosen Verwandten, die hier auf dem Rücken verwüsteter Erde das Garn ihrer herben letzten Tage spinnen. Geboren wurde ich, allein um ihren Tod anzukünden und um zu feiern, wie, Fracht abgeladen, die Chauffeure in ihren Lederwesten einen Smaragd in Händen halten, Becher voll von jenem frischen Schaum, der nach Anis duftet; wie sie ihn den Bauern entgegenstrecken, die den Wein daran geben, das beschwingte Blut der Felsen. Grün wie ein Aquamarin ist der Mondstern geworden. Oft habe ich mich, nach irgendeinem Schatten ausschauend, in diese Herbergen der

Landstraße verkrochen. Das Reich der Fahrenden ist meine Familie, ein Reich, flüchtiger noch als die Hasenfrau. Die Serviertöchter kommen und gehn, satingeschürzt das Mieder, gelinde Rüstung wie von Weidenblättern, wider den Strich gebürstet von einer Brise. Ihr Parfum ist Bodensatz aus tausend namenlosen Existenzen. Nacht legt sich auf alles Leben, und ich denke an mein jämmerliches Los. Auf seiner Runde ruft der Nachtwächter die Stunden aus. Ein jeder hier trägt sein Kreuz. Der Gesichterbaum hat seine traurigen Früchte getragen. Dies also das Land des Exils: Zwischen Fliederhecken schlummernd die lauen Rhonestädte; ausgangs düsterer Straßen stehen sie auf, die Schneegipfel der Berge, sanfter die als der Saum von Blütenblättern; die Nachtluft löscht die Laternen, indes die schimmernde Klaue von einem Mond dort unten die Brunnen streift, in denen, weit weg, Wasser seufzt. Warum sollte ich mir Sorgen machen um die Seele und um Reiche, die vergehn? Das Geheimnis von Gut und Böse, wer kann es sagen? In Wahrheit gibt es nichts. Wanderer, kommst du durch Städte, die dem Staub versprochen sind, denke an mich, sieh mich als einen von denen, die da runde Laibe kneten, als einen jener Pierrots mit mehlig versilbertem Hals, einen jener jungen Leute, die der Feuerofen ums Haupt bescheint. Durchs Zugloch erhellt Feuerschein den nassen Gehsteig. Die sich die Nacht um die Ohren schlagen und Geschäfte, man weiß nicht welche, hier stehen sie, werfen ein paar Batzen hinab und ziehn an einer Schnur warmes Gebäck hoch. Zwischen Abend- und Morgenstern warten da manchmal Mädchen auch. Ich komme aus den Wäldern, in denen der Kauz stöhnt. Ein paar verflogene Jährchen – und alles ist um.

VI

Einen Wohnsitz habe ich verlassen, mitten in einem Tal, er war wie ein alter Bienenstock, von den antiken. Und wildbefleckt vom Geist der Tannen war er. Bettler im Vorhof, zitternder Rauch. Unser Erbteil, wo ist es? Königswürde gab es nie; dennoch vermute ich sie ganz in der Nähe, denke ich an die vierzig Jahre, in denen mein Onkel dem Strom sein Bett verfügte, Schächte in den Berg getrieben hat. Noch einmal wirkte er so das Gewebe der Pflanzen und der Tiere, das sich auf den kleinen Märkten in der Talebene verschleißt. Pinot Blanc, sagen wir, oder rosa Lorbeer. Die Erstlinge, vom heiligen Brot haben sie verkostet. In Dörfern, die gen Sonnenuntergang schauen, in Kellern und Stadeln, in Häusern mit scheuen Jungfrauen, mit Einfältigen, die Kröpfe trugen, schwer wie Melonen. Deren Nachfahre zu sein, schlage ich nicht aus und sinne, und mein Leben sorgt sich allein um den regenschwangeren Wind, eine Flocke Schneeschaum spinnt mein Leben.

Eine Rasse, die das Unsichtbare der Nacht hellsagt, pfropft den Hochebenen ihr Reich auf; jenem der Inkas gleicht es. Weltverlassenheit, lange dauernd, war unsere Seelenruhe. Wer hält schon bei Hütten ein, die, dem Salz gleich, grammweise zwischen Berge gestreut, im frostigen Schatten schlummern. Aus den Feldern, am Saum der Lärchenwälder, heben sich Kapellen, Schmucksteine, kleine, fest und gedrängt oder durchscheinend fast, je nach Sonnenstand, ihr Weiß ist das der Margerite oder auch von Branntweintropfen. Dort haben die Propheten Feen zu Frauen gemacht, wie ein güldenes Haar fügt sich deren leichte Rede in den ehrwürdigen Vortrag. Abgeschieden ruhen sie aus, die verlorenen Dörfer. Die Priester folgen der Schlangenspur auf den Felsen, der Männerspur im Mädchen, bedächtig verzaubern sie – ihre Aufgabe – die Welt, weiter und weiter. Diese Jahre gehören dem Sonnenuntergang, mischen sich in den Schatten, zu dem die Erde verdampft. Unheils-Siegel, brandmarkt sie wie mit Blutstropfen. Den Atem des Windes pflücke ich und den einer namenlosen Insel; wie Muschelhörner rauschen, erfüllt von nächtlichen Hymnen, die Kirchen; in uns drin aber scheiden Zeichen aus die Gezeiten des Schlafes. Eingeschrieben, überall, das Wort vom Weltende, Sesam einer neuen Gesellschaft. Was soll's? Unsere Zeit ist der Prälaten wehklagendes Greisenalter und Zeit eines säuselnden Sterns.

Vorbei gehn schwarzgekleidete Bauern, einen Stein auf der Zunge. Alle Früchte der Erde zogen sie. In einsamen Häusern am Berg tanzen sie, trinken ihren Wein; das leidenschaftliche Werben der Pfeifen, der Mundharmonika, unterstreicht das Nomadenhafte ihres Lebens. Und schon sind sie wieder an der Arbeit, sind, inmitten von Strohstaub, ständig auf den Wegen.

Lange suchte ich eine Wahrsagerin für mich, als heimlich ich liebte die Mädchen mit dem Olivengesicht, der falben Haut, die das ungesellige heimische Dorf manchmal aufsuchten. Fetzend strich das glashelle Glockenspiel einer Musikbude über die schlafenden Plätze, die schlafenden Straßen. Nabel weitgespannter Gletscher, denen absinthfarbene Flüßchen entspringen, das waren die Rathäuser des Landes. Die Ödnis der Berge umschreibt den Weg und die Strecke der Hirten auf ihrer Suche nach Quellen. Die

Dörfer welken dahin. Nachts höre ich auf den Kanon der Brunnen, die in den Höfen glucksen, und in die Erde hinein folgt mein Geist dem Wasser. Im Feldahorn Getöse. In seiner Ganzheit bleibt das Dasein uns verborgen; Schwachsinnige sind unsere Schatten. Zurückgekehrt bin ich zu den verstreuten Völkern, vom Wind verstreut, vom Monsun der Berge. Die Mimikry der Schmetterlinge, der Insekten, das ist, was sie bewegt. Mich aber macht meine Unruhe den Verrückten ähnlich, und den Siechen, jenen verwundeten Orpheusgestalten, Kündern der Kreuzigung. Hier treiben sie ihre Possen unter der Tür des Kolonialwarenladens oder der Wirtschaften, wo man an winterlichen Festtagen Murmeltier auftischt, dazu den alten Landwein warm macht. Im übrigen: Polentafresser, Honigesser. Man fragte sie etwa auch: »Was habt ihr lieber, eine ›Rieja‹ (süßes Sonntagsbrot), an der Sonne gebacken, oder das Blut eines Gehenkten?« Ein Kuhfladen war's dann und der Wein, die Traube. Meine ganze Kindheit hat Irre gekannt. Die einen faulten in hohen Kammern vor sich hin, in denen man sie hielt, und plötzlich erschienen ihre massigen Köpfe am Fenster; andere schliefen in Gärten verborgen. Die Wahrheit, was ist das? Diese verrückte Kundschaft eines babylonischen Turmes ist wie durchscheinender Karneol oder bestimmte Pflanzen, deren Organe Figuren bilden: Kreuz, Hand, Schlangenkopf, die Werkzeuge unseres Leidenswegs, Rätsel unseres Lebens. Eines Tages traf ich auf eine Frau. Unter dem häuslichen Vordach sitzend, schien sie eine Quelle im Schatten. Der blauende Schoß, der Bauch war ein übergroßer Knollen, und zu einer Schar nachdenklicher Männer, die sie betrachteten, als müßten sie zu Staub zerfallen, diesen also sagte sie, sie sei die Heilige Jungfrau und bringe unseren Herrn zur Welt.

Dieses Korn, dies Gran, so tief vergraben, ha, in den Menschen unseres Landes, dies Helleborein, diese keltische Nieswurz, sie ist, was ich herausziehen möchte, das Geheimnis der Vergangenheit, auf immer zerstört, einer Burgschaft, eines Dorfs mit seinen Häusern aus versinterter Lava, wo pfarrherrliche Lehrer wohnen und die Schule die Kinder in zwei Lager trennt: Alto und Sopran. Sehnen nach Müttern ruft mich wach. Wir haben die Gabe des Glaubens bekommen. Ein weißes Tuch deckt auf den düstern Altären die Speisen des Mysteriums, doch die Wurzel Jesse verkümmert in uns, und die Stimme der priesterlichen Wächter ist ohne Saft mehr. Wie ein letzter Sonnenaufgang treten wir in den Halbschatten, allwo die Stadt Geschichte machte. Orgelspieler sind wir und, Proteus ähnelnd, unbeständige Figuren, der heiligen Taube erkalteter Kot. Namen, die Samenkörner sind, erlöschen, nachdem sie wie Pollen hingetragen wurden zu den toten Kirchen, wo, Witwe der alten Welt, meine nutzlose Feder knirscht. Steter Mangel läßt in die Irre gehn die Kinder des Lehms, Adams Kinder. Mit unseren Kreuzwegstationen quer durch den Wüstenschatten folgen wir dem zwiefachen, wechselnden Stern, gleich einem wiedererstandenen Blatt vom Baum. Zu Ende geht der Gesang, der auf bäuerlichem Land widerhallte; wo die wandernden Herden auseinanderlaufen, sind unsere Tage gezählt. Herr über die kühlen Höhlen der Erde, hat ein mächtiger Berggeist uns in den Klauen. Goldenen Statuen gleich, die in den Feldern ruhn, sieht man uns gefangen in den Dörfern des schwarzen Schiefers.

Hier und da gewahr ich, an Bergflanken verzettelt, Äcker mit Gerste und Buchweizen, Rebhühner fliegen darin auf. In die harte Woge der Matten gesetzt Häuser, von der Farbe einer Dolde, Kirchen, Keller, jenes Weines, der Himbeeren nahekommt und die Säure der Morgenröte hat. Tausend Dinge habe ich ersehnt, fing außer Rauch nichts ein. Ach, daß es mir gestattet sei, im Geist, oder als Reisender nach dem Tode, mich immer wieder vorzuwagen zu jenen erhabenen Punkten, die im entlegenen Umriß eines Fernrohrs verrücken, sich verdichten, die Dörfer über der oberen Rhone, winzigem Veilchenfleck gleich, dem Schatten eines Blattes oder einem blauen Stein. Da die erste einer unterirdischen Insel zur Geisel wird, keimt eine neue Seele auf. Zur Asche kehrt das Reich der Bauern; unser Leben ist verloren. Dieses Reich – und nur dieses – hielt ich für unverrückbar auf immer, nun aber wurde schal der Sauerteig. Einsamer Zeuge bin ich geblieben, unnützes Glied, wie Wein geopfert und verschüttet. Zwischen Kindern, deren Wiege ich an der Wand hangen sah, und den stämmigen Greisen mit ihren Bartquadraten in einem Pachthof des Flußbetts, will ich, das Blut wägend mit der Schrift, ihnen die Ablösung zelebrieren.

Oh! unaufhaltsames Fortschreiten der Macht (großer Überdruß, große Geschäfte, großer Krieg); Zerrüttung der Familien, jeglicher Verbindung, der Geschlechterfolge, meiner selbst, wie ein Mohnkorn hingesetzt in die letzte Schleife am Stammbaum; in diesem drin, in mir drin, seit der Erschaffung, doch ohne erweckende Kraft nun: Pflanzen, Düfte, tierische Geister, die unausdeutbar göttliche Natur des Menschen; und überkommen wird nichts. Die Kirchen schließen zu. Die Unzahl von Entdeckungen führt zum Diktat der Finsternis, wobei, was wir tun, immer das Verbrechen streift. Und auf dem schlängelnden Weg unseres Tuns sind wir zu dem Punkt gelangt, genau an jenen Punkt, bei dem unser eigentliches Wesen sich jenem der Welt feindlich gegenüberstellt. Zwischen den Hügeln habe ich mich versteckt. Ausgestoßen die vom langen, waldigen, harzreichen Bergkamm. Die Sonnenflanke der Berge taste ich ab. Spuren eines Lagerplatzes abgehend, suche ich die Wasser-, die Feuerstelle, an der einst Hirten waren; wie ein Greis versuche ich, den Staub noch einmal zu erwecken, in dem die Sekte mit der Ewigkeitshoffnung liegt; mit ihren Festen übertrug sie früher auf uns die Energie und die Regungen der Erde. In einem Hospiz schlägt, mitten in den Stoppeln, ein Glöcklein an. In Ästen hängen Zicklein, von den Leuten dort geschlachtet. Zwanzig Fuß im Baum oben ein Junge; Lindenblüten zupft er, schreit wie die Grille aus vollem Hals. Vorposten der Hirten an jenem Ort, den man, wegen des bißchen Speichels, den magere Tonerde hier sintert, auch »Wo die Rebhühner tranken« nennt. Die Klaue der Meister über die Tiere pflügt die Gesichter. Sie wird sich einstellen, ahne ich, die langersehnte Einhelligkeit; in den verachteten weltlichen Bereichen setzt sich, liturgisch fast, überall eine formende Kraft durch, zur Hälfte von den Termiten kommend, zur Hälfte von den Zauberern, Pfarrern und Politikern. Dörfern entsteige ich, die sind Brot und Wein. Aus dem Knallen von dunklem grobem Tuch tauchen die Schneegrate auf und aus der blauen Dürre jene Buchten, darin der Stein die Farbe des Tages annimmt. Wir stehen auf dem letzten Stück Erde, in dem sich Indien spiegelt. Es wächst eine göttliche Nahrung. Schöner die Abende, schöner die Morgenfrühen, sie dauern und schmecken wie Wasser, das man in langen Zügen schlürft. Sterne schwängern die Materie, die Bäume und Felsen langsam aussei-hen; wie Sorgen, die der Beamtenstand nicht kennt, wandern Sterne im Hirn dieses Volkes.

Der Wüste sind wir geweiht. Mit Freude erfüllten uns einst die bäuerlichen Mahlzeiten, heute eine einzige Enttäuschung. Bäume trägt der sandige Rhonehang mit seinen Einschnitten, Einbuchtungen, und die Bäume hangen, und herb ist die eine Frucht, samten die andere. Der Himmel trocknet unsere Jahre aus. Wenn die Weintraube zu scheinen beginnt, die Kirsche rot geworden ist, wird unser Leib den Beeren gleich, die ins Wasser tunken. Man müßte sein Leben an einen verborgenen Schatz verdingen. Was Weisheit hat, liegt in den letzten Zügen, mit allem geht es wie mit der Edelraute, die büschelweise die Moränen durchduftet: was denn, außer ein Atemholen, bei dem der Pflückende schweigt?

Ich habe es auch schon verwünscht, mein Los, das mich den Weilern entriß, jenen Becken voller Schatten, der ausläuft; hundertjährigen Branntwein zog es mir ab, da es mich in andere Lebensumstände zwang. Bauernland, Bauernland, ich wohne auf einer Kiesbank der Rhone, die Häuser trägt. Es seufzen die Turteltauben, seine flüssige Pflugschar stößt in die Erlen der Fluß. Die Bauern machen das Brot und dabei das Zeichen des Fisches in den frischen Teig. Sie halten ein und rauchen. Beim Backen treten sie eine Weile in die Nacht hinaus, scheuen Tieren gleichen sie dann. Wortlos steht ihnen meine Unruhe entgegen. Ausgehöhlt hat mich die dauernde Beklemmnis meiner Nächsten, und wie bei vielen anderen, ungeschützten Soldaten der Jetztzeit bildete sich in mir, aus den Fetzen meiner Gewißheiten und Unsicherheiten, diese Prophezeiung einer völligen Wende aus, eines Schiffbruchs an Leib und Gut. Der Glaube meiner Lehrer – einzige Wahrheit –, unnütz hat er uns gemacht. Dies die große Überraschung meiner Jünglingsjahre, sobald ich mit den Dingen außerhalb meiner Insel in Berührung kam. Nichts zu erhoffen haben, wir wußten, wie das ist. Denn wie am Toten Meer die Äpfel, die nach Asche schmecken, reiften unsere Früchte. Ihre tiefste Mitternacht hat sie erreicht, meine Erde.

Die Seele ködert uns. Vergänglichen Wesen und unbelebter Welt sind wir angetraut. Ein leichter Finger brandmarkte uns mit dem Zeichen Null, aber auch mit starker Begier. Wie Lockpfeifen ziehen in den Bergen die Brunnen uns an, doch bleiben sie unerreichbar, die lehmigen Schlupfwinkel. Nie werden – wie die Lippen des Lammes – unsere Lippen benetzt; an die Erde gelegt, nimmt das Ohr hier allein das Zucken der Abgründe wahr. Und die wollen uns verschlingen. Umsonst hat unser Geist sie abgeklopft und ausgelotet. Jeder Wollust auf geheimnisvolle Art entwöhnt, gehn wir auf das Verschwinden zu.

Die den goldenen Mund haben, die Poeten, kosten es aus, ihr zerstörtes Glück. In den Dörfern des Inzestes, der Inzucht hocken sie, am Rand der Hügel, die wie Beeren einer Traube gewachsen sind. Dann und wann spielt in der Wüste des aufbrechenden Tages ein Junge auf seiner Trompete, Maultiere traben ums Gehöft. Stärker als beim Tanzen den Schweißgeruch spürt man die freudvolle Gunst der großen Gemeinschaft. Die Frauen der Hochebenen setzen Bohnensuppe auf. Von kärglichen Almosen zehren wir da, achtsam auf das Rauschen, das aus den Felsspalten steigt wie der Ruf des Perlhuhns über den Dächern. Das Geißblatt atmet seinen Duft aus. Wir aber sträuben uns gegen jegliche Arbeit; eine harte Nuß zu knacken, ein schwieriges Rätsel ist uns aufgegeben, und im geheimen bereiten wir uns vor auf ein Ende, wie jenes Johannes des Täufers. Heilung, Heilung, rufen auch wir. Priester mit rasierten Schädeln, strahlend wie ein Gestirn, laden uns zu einem letzten Liebesmahl. Ich aber glaube nur noch an den Zerfall meiner Hoffnungen. O Zeit des Exils, ach du verlorenes Land! In mir drin stirbt die Natur; es fehlen die Wasser, nach denen ich lechze; am Verkümmern ist die Menschenstimme, die an Weltgedächtnis reiche.

VII

Daß der Stern sich erhebe, der auf mir drückt, und daß er mich befreie. Der Stern der Wasser, der Schlangen, der Stiere, von deren Hörnern Vögel in die Morgenröte fliegen, daß er mich zurückkehren lasse zu den Viehweiden da oben. Angst ließ mich zum Säulenheiligen auf den verworrenen Trümmern der eigenen Seele gerinnen. Steinhaufen und Geriesel, von wo, einer Stadt, einem kleinen Land zu, meine Gedanken sich ausbreiten. Sie waren mein ganzes Morgenland. Eherne Gesetze lenken heute das Leben. Was soll's, ich war der Widerhall von Tiermenschen, Pflanzenmenschen, einer abschüssigen Insel, aus der hier oder da die Narben des Safrans hochkommen und die unsere Wohnstatt war. Ein bißchen Gletscherschlamm führte ich mit und im Vorbeigehn befruchtete der die abgeschiedenen Orte, mit ihren Mineuren und Baumschneidern, ländliche Wirtschaften auch, in denen, für eine Nacht, Frauen warteten mit Veilchenaugen und Lenden, die erschauerten wie die Milch in der Schale von Hirten.

Blütenstaub von Weiden trieb vor der Tür, wo sich der Schatten verdichtete; Gäßchen und die halbmondförmigen Plätze begruben meine Worte, indes, wie Keime eines anderen Lebens, vom Wind verweht die fliegenden Ähren in die Ritzen der Berge drangen. Sie gehen zu Ende, mein

Gott, unsere leichtsinnigen Tage, und vergraben bleibt unsere Hinterlassenschaft.

Die Sorgen einer Sklavenarbeit machten aus mir einen Mühlstein, der im Verborgenen zischt. Leute, ihrer selbst nicht sicher, Schilf, das sich im Wind biegt: ihr Königreich heißt Eva; die starke Frau jedoch läßt die Dörfer nicht im Stich und nicht die Brunnen, zu denen die Krähe wacht. Auf den Gesichtern junger Mädchen flattert, zart und fein, ein kindlicher Zweifel; dem Antlitz der Bäuerin aber hat ein Löwe eins mit der Klaue versetzt. Glück oder Bitternis, Schicksal ist das, Tatsachen zählen wenig. Männer des Korns, der Kohle, tauschen ein Maß Schnaps, ihr Teil an den Hügeln, darauf das Mengkorn wächst und die Kartoffel. Ich hingegen, allein zieh ich los, auf der Suche nach Vorzeichen, Ahnungen: als total erweist sich die Ohnmacht unseres kleinen Landes, unserer kleinen Welt, die ein Stück schrumpfendes Leder ist. Jeglicher Geist hat uns verlassen.

Ich sehe noch, wie sie ankamen, Tänzer, an einem Ort, den sie den Angenehmen nennen, kleine Stadt, die ich liebte, in Wahrheit nichts als eine Ansammlung von Burgschaften und, wo das Licht am heftigsten ist, ein Turm. Die Vermählung mit einem Fluß feierten wir, und Blumen wurden in seine Wasser geworfen von jungen Mädchen, uns zur Beute, von weit gekommen, von überall, einige vom Meer. Lavendelsträuße, Margeriten, Astern, bleicher Hahnenfuß, schnappten die Fluten, sehr durchsichtig glitten sie über die Kiesel und blümten bunt auf einmal, in Farben wie aus dem Regenbogen gefallen. Ein Priester legte seine Hand auf die Wellen und die sandigen Obstgärten ringsum, neigte ihnen den Opal an seinem Finger entgegen, erbsengroßes minderes Fanal. Wir aßen Schwarzpulverbrot. Feuerstöße krachten, Laster pendelten zwischen Stadt und Rhoneständen; unter den ersten Häusern, in den Spargelfeldern, ließ sich die Menge nieder; die

Stille, manchmal konnte man sie hören. Da waren nur, in der Ferne, eine Trommel und, was dem blauen Himmel seine Schärfe gab, von den Hügeln herab zwei oder drei Pfeifen, Musik aus Fels und Wind.

Begierig auf die unterschiedlichen Rassen, sah ich mir die Mädchen an. Jenen außerordentlichen Typus fand ich wieder, in dem sich das Blut vermischt, langsam ausgefällt, geläutert von der Einsamkeit. Sie kommen, wie Zugluft, von dem einen Bergmassiv herab: groß und schlank die einen, blond die Zöpfe, aber mit Augen von Haselnuß, die Gesichter ins Dunkle; klein, ziegenhaft und schwarz die andern; dann welche, die sind fest gebaut, fuchsrot das Haar und Hände, so kräftig, die schlugen, ahnte ich, im Streit den Mann! Ich betrachtete sie und verglich sie mit den Fremden. Wie fad erschien mir da der Rhonelauf, bis man endlich auf die Rasse der Olivenpflückerinnen stieß. Ay, sanfter die, lüsterner! Wie Tauben schreiten, schritten diese Damen voran; der Art, wie sie den Kopf trugen, kommt kein Frauenstolz gleich. Gewandet in aschernen, in altrosa Roben. »Hoffart, Bart ab«, ereiferte sich ein Bettler. Ich aber stieß auf die letzte Stadt, jene der großen Ebenen am Meer. Das Harte der Natur hier, da war es geschmolzen. Kann ich sie wiedergeben, die Züge dieser anderen? Ein wollüstiges Schaudern durchfuhr mich. Da war nicht mehr jener Adel, die meisten hatten kurze, schwere Beine, doch in manchen von ihnen sah sich die Schönheit auf ganz eigene Art gepriesen. Ich pflückte eine heraus, mit sehr schwarzem Haar, schwerem Erdbeermund und, je nach Licht, leicht bläulich schimmernder Haut. Die Männer ihrer Umgebung schleuderten Blicke wie Dolche.

Dieser Zug von Frauen, dessen Anmut noch den Stallknechten Komplimente entlockte, oder Beleidigungen – und sie staunten nicht schlecht über den freien Tag –, in mir, der da seinen alten Groll gegen die Weibsbilder mit sich trug, erregte er einen Eindruck von Göttlichkeit. Ich folgte den umziehenden Wagen, erreichte den Fuß einer Anhöhe, und siehe, es tanzte da ein Mädchen seinen Erntetanz vor der Menge. Der Anblick riß mich zu Tränen hin. Da wurde die Geschichte des Korns gespielt, als wäre sie die wahrhafte Geschichte der Menschen. Die Tänzerin beugte sich der Erde zu, schnitt und band geträumte Ähren, hob, schneller als der Flügelschlag des Kolibri, die Sichel. Eine Flöte sang, Unergründliches blies sie uns ein. Und sie, die Botschafterin mit den Bastschühlein, das Bauernmädchen, plötzlich drehte es auf Zehenspitzen, enthob sich in gewaltigen Sätzen. Reichte uns allen dann einen Kornhalm. Dies das Fest. Auf unseren Pfaden hingegen, über den Roggenfeldern, letzten Reben, schauen uns die Jungfrauen der Felsen an, und ihre Augen sind die Augen des Himmels.

Beim einfallenden Abend zerstreute sich das Volk aus den Dörfern. Ja, sagte ich mir immer wieder, ja, alles hier unten ist geheiligt, der Tod, den ich unentwegt fürchte, ist Vollendung, denn wir gehören zur großen Seele des Universums. Ich bückte mich, nahm eine Prise Erde, aß sie.

Der Erde entsteigen die Sterne, Gefährtinnen der Winde, der bleichenden Wege, der Geister in der Dämmerung. Am Rande der Wasser rucksen mit ihren tausend Geräuschen die Städte. In Versuchung gebracht hatten mich mit ihrem großen Aufbruch die Reisenden. Ach, meine Sehnsucht, ach, mein Geschick! Zufrieden stellt mich heute schon der ewige Kuppler, wenn er mir die Gemischtwaren des Vergessens vorsetzt. Die Wahrheit einer heruntergekommenen Epoche ist das Opium der Gekreuzigten. Dem Geld ergeben, zerfasert unser Dasein unter sprachlosen Leuten, wie jene Aufseher im Kollegium, die, blind vor Dummheit, nichts sahen, aber ein Maul hatten, gefräßig wie der Ziegenmelker. Greisen diene ich etwa noch als

Lockvogel. In der aufgehenden Sonne recken die Städte, die aus den Felsen kamen, ihre Silos, und diese beschlagen sich rosa. Es schlägt die Stunde der Morgenröte. Kaum daß sie mitklingen, die sabbatstillen Häuser. Der Geist meines Volkes gleicht dem letzten Ton einer Flöte, der in der Arbeit, in den Festen versteinert. Unsere Zeit aber ist jene der Einsamkeit. Der Stern, dem wir gehören, verschwand in der Nacht; bald liebt er den Schatten, bald geht er im vergänglichen Dunst auf, in den weißen Türmen des Morgengrauens, erkaltet unter dem Regenhimmel. Ihr Dörfer, ach, ich bin euch ein Richter mit nicht sehr freiem Kopf.

Wir selbst, was sind wir denn? Welches Schicksal verbindet uns mit einer verzweifelten Priesterschaft? Den Todeskampf der Natur tragen wir in uns und den eigenen Exodus. Ausgelöscht werden sie sein, die Dörfer der Vogelfänger; umsonst springen hier die kühlen Brunnen; ihre flüssige Rebe wird die hohen Kalkmauern verlassen, die Fassaden mit den spärlichen Fenstern, eisenbeschlagen, was heute noch mein Wohnsitz ist, mein Versteck. Die Städte, aus denen uns die Prophezeiungen kommen und die Kunst der Bändiger, an den Schafen werden sie sich gütlich tun und an den Oliven. Herrschen werden sie, bis daß Stärke von neuem das Sanfte zeugt. Botschafter einer Bruderschaft abgezehrter Bettler und ländlicher Kraftprotze, werde ich, wer weiß, meinen Frieden darin finden, daß man mich an einen Ort der Finsternis verpfändet. Zum Samenkorn will ich kehren, den Weg der Schlange noch einmal gehn.

Die Irren, in Weilern Eingemauerten, in Höfen, wie stumme Klaviere verloren im Föhrenwald, sie gaben meiner Stimme ihren Stachel, meinem Denken das scharlachrote Blut. Opfern wird man mich, damit ich bezeuge, daß nur das Unnütze zählt. Dem Reich der Zukunft zugedacht, kamen meine Episteln wie die Leberblümchen ans

Licht, von denen es heißt, die Töchter seien vor den Müttern da. Grüße von einem harten Winter. Das Land unseres Lebens ist ein Land aus Rauch, Fels, Kraut. Ein Sternbild, langsam nur verblassend über dem Vorfahr, der das Salz auf die Schwelle des Schafstalls legt, hat mich zuerkoren diesem verschlossenen Stamm, den schweigenden Frauen, den Dichterinnen mit dem Eulenschrei.

VIII

Auf dem Weg zum Pfynwald setzt sich ein Zug langsam in Bewegung. Eine Art großer Wagenkorb mit grüner Blache fährt zickzack durch den Kiefernwald. Ein starker brauner Esel am Ziehen, ein Hund, mit einem Ledergurt unter den Wagen geheftet, streckt links oder rechts ständig den Kopf heraus. Hoch auf dem Sacktuchturm kräht der Hahn, aus einem Loch lauert die Katze. Keinen Menschen sieht man; gewiß schlafen sie drinnen, von der großen Hitze geschlagen, auf ihren Strohsäcken. Es sind die Bremer Stadtmusikanten, jene Schar streunender Tiere, die ab einem Hof in Deutschland kamen. Der Zigeunerwagen scheint ohne Kärrner voranzukommen. An beiden Waldausgängen haben die Fahrenden einen Platz, wo sie rasten können und Feuer machen. Oft sah ich ihnen zu. Weiß nicht genau, warum: Wenn ich mich auch nie entfernt habe von den kleinen Feldsteinen, die hier die Entfernung zum Simplon bestimmen und die Grenzen meines Bereichs, spürte ich doch, wie ich zu diesen Zügen der Fahrenden gehöre. Ein jeder von uns hat wohl schon versucht, seine Dämonen zu verjagen, doch die sanften und die heftigeren Passagiere, Hahn, Esel, Katze, Hund, sind ihren Wohltätern entkommen. Fahrende sind wir auch des zweiten, des unsichtbaren Zuges, flüchtige Wesen, die Gestalt werden allein in ihrer tierischen Vertretung, wenn die da freudig hüpft und springt. Wahr wird die Metamorphose der Nationen; während des Interregnums, dem die Natur zum Opfer fällt, hat der Mann von der Straße mehr Wandel zu erdulden als Diebe und Poeten. Eingesperrt werdet ihr alle. Laßt ab den Ballast eurer Träume, er frommt nur den Kindern der Freiheit.

Die schweifenden Sippen der Katastrophe, immer auf Suche nach Welt, bei anbrechender Nacht machen sie fest an jenem Stück Stern, das durchschossen ist von duftenden Kräutern, von tausend Föhren geschützt. Am Waldrain schwach schimmernd die Krone aus weißem Stein, Krone der Dörfer, unter dem Heidekraut rötend die auslaufenden Hügel des Waldes. Aus einer mit Schwertlilien zerstoßenen Bergflanke steigt die Rebe. Im zerfallenden Gemäuer gegenüber der Straße leben die Leute wie Aufpasser, warten auf ein Ereignis, das nach und nach die Farben des Staubes annimmt, die Schattierung des Todes. Wespennestern gleich hangen die Weiler der Mäher und Schnitter über der Ebene. Die Zeit aber hält ein und läßt sich von der himmlischen Gnade bestrahlen. Auf den verschüchterten Kirchen das Licht wird Gold. Über den Balkonen von Kornspeichern pendeln die Maisbündel; Feige und Aprikose zerspringen; in den Holzfässern webt der Schlaf den kleinen Granatweinen einen neuen Stoff. Nach Osten neigen die Sonnenblumen. Die Ekstase, freiwilligem Verfall versprochen, gibt den Frauen diese träge verlangsamten Gebärden ein und jene Gesichter, bedrängt von zu starker Schönheit, wenn sie ins Dunkle sich tönt. Diese dort sind die Mutter, jene andern sind die großen Geliebten. Ihr gebirgigen Stätten, Hüterinnen der Kornsaat, seht her, am Fluß das fahrende Lager gleicht einem verpuppten Schmetterling, von der Vergänglichkeit verstört. Euer Reich erlischt. Neben dem reisenden Gehäuse aus Weidengeflecht und Tuch rastet der Troß. Zwischen Steinen brodelt ein Kochtopf. Im Stechdorngebüsch weiden die Tiere, dem Frieden der Schlange dargegeben aber ein Mann, nächtlicher Messias, der sich unter Kärrnern versteckt, bei den Schaustellern, bei den Tänzern mit den Schenkeln von Heuschrecken. Veilchenblau malt der Abend die Brüstung der Dörfer; wie das Insekt eine Blume streift, so streicht die Brise über das Steppengras. Von einer Wasserstelle in den Bergen, wo ich meine Tage verbringe, ergründe ich die Höhlungen des Waldes und schaue dem Treiben der Absinthsterne zu. Ich schreibe euch aus der Wüste, und ich schreibe euch dieses: Es reift die Zeit derer, die euer Brot essen und die Werke des Jenseits tun.

Das Firmament gleicht einem großen Lärchenast, Saft für Gletscher und Wälder. Bei den Waldhütten rührt sich das Laub der Himbeerstauden, und die Teiche, trübem Kristall gleich, gleiten von einem Ufer ans andere, Schilf bleicht. Auf verschatteten Berghängen piepsen die Quellen. Die schwermütige Erde hier, die Woge und Chaos wieder geworden ist, unter dem Sternenatem reißt sie auf. Die Nacht lehrt uns: Wachen und ohne Unterlaß forschen an verborgenem Ort, denn das Nichts ist in uns von Anbeginn. Gekommen sind die Stunden der Einsamkeit. Vertrocknet die Früchte am Baum des Kreuzes, die anderswo noch grünen; in diesen entlegenen Schluchten bin ich der einzige Blutstropfen. Über den finsterblauen Wäldern berauscht sich kein Vogel an seinem Sang, erbärmliches Eulengeschrei versammelt die Fahrenden; zu Staub gekehrte Zivilisationen im Gepäck, gehn die, woher sie kamen. Eine Lichtung im Gehölz, und wie ein Luftschiff füllt die sich auf mit weißem Schaum von Kirschbäumen. Mondmilch bestreicht die verlassenen Rhoneufer, die unendlichen Modulationen des Stromes nähren die Winde, die aus dem losen Schatten steigen. Der trübe Opal von einem Mond senkt sich ins Wasser. Wie ein Magnet zerrt er am Schlaf der vaganten Familien, deren Wagen anlegen im

Hain, der Korn trägt und bläuliche Tropfen. Wie Fischlaich besät Selene das Hirn der Menschen und setzt sie in Marsch auf unbekannte Strände zu. Zusammenbruch, Provinzen gehen aus den Fugen. Das Schicksal hat mich zum Wächter eingesetzt auf dem Weg von der Olive zur Edelraute. Ein Takt Musik um nichts, das ist mein Leben, ehe es ausruht zur Mitternacht, wenn uns allen die Stunde schlägt.

*

Ich suche die verborgenen Inseln des Heils. Am Fuß der Berge, blauer die noch vom Föhn, hat die unstete Arche der Korber für Tage Anker geworfen. In einigen Jahren werde ich dies Land durchstreift haben, wo ich in jede Kirche geh, in jedes Haus, und sage: Ich glaube an die Unsterblichkeit allen Seins.

*

Eure Liebe ist wie der Stier. Er geht, wohin es ihn zieht. Die meine ist wie der Stein. Der bleibt, wo man ihn hinsetzt. Abgefunden habe ich mich mit dem Zweifel, der Schande, der Schwermut und damit, mich vom Vater verleugnet zu sehn. Denn es war dies, leider, der einzige Weg: jener der Veränderung! Im Widerschein der Wasserfälle und der Felsen leben sie noch, die priesterlichen Dörfer, und ihren verborgenen Meister will ich ankünden, aufstehen wird er, der Rabbi ihrer Poesie. Jede Feder, die aufrichtig ist, mischt Glück und Schmerz.

*

Ein zigeunernder Gott hat diesen Landstrichen seinen Stempel aufgedrückt. Alle werdet ihr davon befleckt sein, vom Wein und vom Blut. Halleluja und Evoë, erschallen werden sie aus ein und derselben Brust.

IX

Vielleicht muß man sich lossagen vom alten Gesetz, man muß, wer weiß, die eigene Seele auswerfen. Verdorben sind wir alle. Was Eingebung war, kam von den Ernteleuten; meine schwache, zu kurz geratene Stimme, mein Gebet, abgelöst von mir sollte es das ihre sein. Doch Krätze frißt heute die Familien, denen wir entsprangen; den einen Fuß haben sie auf dem Land, den andern in der Stadt: Wir werden zu Sängern des Nichts. Außerordentlich ist die Unzähmbarkeit der Bauern, doch deren Einklang mit erstarrten Hierarchien wird sie verkleinern auf eine armselige Rechnerei, wird sie in unerbittliche, hoffnungslose Not treiben. Das Fest ist aus und auf sich selbst zurückgeworfen alle Freude. Ich sah, wie die Begeisterung abstarb, weil keine Gemeinschaft mehr ist. In der Tat kann man hier sagen: »Delphi schläft!« Freut euch über das Schicksal, das euch eure Städte beschieden haben, jene Hauptstädte des Schmerzes; voller Wirrnis sind sie, indes ihre Kultur doch den Weinen gleichen sollte: klar, fein, alt, reif.

Das große Sakrament hieß Natur. Fade wurde die Sprache. Wo ist der Mann mit dem Wort Gottes, der aufs neue segnete Arbeit und Speise? Verstorben ist in uns die Wahrheit. Schreib, bläst mir ein Schatten ein, schreib den Gebietern der ländlichen Kapellen.

Ich habe Brot und Wein. Ein Rad aus Roggen, braun,

veilchenfarbig fast, mit Rissen, mit ein paar weißen Flekken wie Gips; und eine grüne Flasche, kurzer Hals, aus dem Morast gezogen, könnte man meinen. Doch in dem Glas aus geschweiftem Kristall, diesem Lilienkelch, der von den Eltern stammt, entfaltet sich das flüssige Band des gelben Weines. Der Roggen kommt aus dem Dorf meiner Frau: ein Frühlingsdorf, ein Winterdorf. Das erste ist eine staubige Arena, nicht weit von einem See, dessen Wellen an Gärten schlagen mit Pflaumenbäumchen drin. Obstkammern und Speicher hat die Jugend in den Höfen aufgeschlagen, die Alten aber, die Kleinkrämer, werden von den Fliegen aus ihren Matratzengruften gescheucht. Wie eine Schilfrispe gehn beim Stottern eines Glöckchens die Türen ihrer Läden auf. Sie zählen – ihre rothaarigen Söhne packen die Zukunft. Der Krämergeist, nun, noch ist er nicht ganz ausgestorben in den hohen, baumtragenden Bergen, den Müttern des alten, in die Schluchten gemauerten Nestes. Ich habe es gekannt, das Dorf da oben (Geheimnis des obstbringenden Marktfleckens unten), von Fuchsfährten umrundet, unter einem grauslichen Zahn, und kein Widerhall, es sei denn der eigene, wenn die laubpflückenden Winde den Rauch von den Dächern schluckten. Am Anfang dieser Häuser stand eine Quelle. Kalt-Brunn lag so hoch, daß man – und es ersäufte dich im Regen, im Schnee –, daß man nachts erst anlangte bei seinen Steintrögen, in den Schimmer trat, den schwachen, seiner Lampen. An den Fenstern einer Wohnung erspähte man Kinder, Goldtröpfchen gleich. Unser Brot kommt bald aus einem Backofen auf dem Berg, bald aus jenem im Tal. Und es duftet nach Kümmel.

Der Wein hingegen aus dem Besitzstand meines Onkels, seiner Schwestern; nichts warf die um, diese zerbrechlichen Karyatiden. Auf abgestuften Terrassen pflegt man bei uns den Wein, sengendem Fels aus der Flanke gehauen dort, wo der Fluß einen Ellenbogen macht, und nahe der Stelle, an der Höhlen sich auftun und die Schafe weiden. Über den Hängen die Grate, ihr Kamm, als hätten schwirre Schwalben sie im Flug gezogen; Felsphalli, große, umschlossen von Gesträuch mit weißen Baumwollblüten. Die Nächte, recht frisch oft, widerstreitend mit dem heißen Tag. An einer Traube Schmetterlinge berauscht sich die Luft. Es wachsen da aller Arten Weinstökke, hier machen wir die besten Weine. Oft habe ich die gekostet, erkannt, und sie stets allen anderen vorgezogen. Sie duften nach Honig, sind in der Farbe schöner als die Rose, und voll und mild sind sie, und zart und kernig zugleich, und die Erde läßt immer einen Hauch von Bitterkeit darin zurück.

Bitter meine Erde, bitterer ich, in der Sprache meiner Freunde: ein Johannisbeerkern, ein herber. Verschupft lebe ich hier, verwunschen auf der Worfel meiner Hügel. Draußen vor der Tür bin ich, denn im großen bäuerlichen Haushalt ist mir kein Platz mehr gewährt unter den Schöpferischen. Die gebildete Kaste der Lauen, der bourgeoise Stachel, abgestumpft haben sie jedes Verlangen nach des Dichters Gesang; ohne Austausch aber kann kein Mensch seine Arbeit zu Ende bringen. Voller Schwung und voller Sehnsucht stirbt selbst das Volk hin. Abgetrennt soll er werden, der Kopf, darin die Sagen summen, und aus dem Rumpf gezerrt das weiche Herz. Sollten sie sich retten, Spätlinge, die das Getreide selbst einbringen, dann wird sie aufgehn, die Saat, in einer großen Berufung, und aufstehen wird ein strahlendes Wesen, ein Bacchus, dem ich nur Vorläufer war; seinen Geschmack nach Muskateller trug ich in mir, und ich gehe. Welchem Geheimnis sind sie zugesellt, unsere Lebensläufe? Unsere Zeit hat sie vorbestimmt zu einem ständigen Zerwürfnis zwischen Gnade und Recht. Ich betrachte eine Kirche, wie ein zerbrechliches Wasserglas steht sie mitten in der Talebene. Im Abgrund zerkrümelt das Sternbild der Christen, jenes der

Fische. Die Götterdämmerung reift heran. Ich nähre mich von diesem Brot, von diesem Wein des Schmerzes; das Jahrhundert hat meine Verdammnis in die Wege geleitet. Denn schreien will ich: Das Geld hat mich belästigt. Unnütz und unerkannt, war ich das tote Blatt, abgefallen von meiner raffsüchtigen Verwandtschaft. Inbrunst allein beseelte mein Geschick, ich folgte den Bänkelsängern, die Geschichten erzählen, ich suche mein Land (unsere Häuser, unsere hölzernen Schiffe!). Ihr Leute vom Bauernstand, nun, da ich weiß, wie treu ihr eurem alten Testament geblieben seid, will ich vorwerfen mir, daß ich nicht teilhabe an eurer Arbeit, nicht zähmen kann die heimtükkische Rebe und auch nicht das Korn; indessen lebt ihr eine Wanderung, die von jener der Seelen nicht abweicht: das Harz einer Bibel, schwarz und frisch ist das noch. In einer Stadt an der oberen Rhone verlangt das Orakel ein freiwilliges Opfer.

Die Zeit des Abschieds ist gekommen, nicht nur für die stillen Freunde des Herrn, auch für ein großes Land, für Sion, Felsenkopf. In den Krypten das Lächeln der Mönche hat sich verflüchtigt; geblieben sind die Alchimisten der Rebe, die Ackersleute und die Züchter schwarzer Stiere, Väter von allem, das Milch gibt, und von allem, was einen Pflug zieht hier. Am Absoluten werdet ihr nippen und sterben. Ich habe mein Leben überprüft. Traf ich als Kind auf einen Bauern am Umgraben, auf einen jungen Hirten, auf jene einsamen Männer, die im Gehen zu schlafen schienen, Männer mit schweren Augenlidern, zuckend wie Espenlaub, Männer, die Quellen fassen, wenn ich sie traf, ergriff ich immer die Flucht. Hinter einem Baum, einem Busch versteckte ich mich, oder kehrte stracks um. Nach jahrelanger Zähmung meiner selbst erst ertrug ich die Gesichter meiner Landsleute, zeigte ihnen gegenüber auch eine vermeintliche Abgeklärtheit. Sandpyramiden, Ableger der Hügel über der Ebene, von da herab schaute ich von weitem dem Bauernvolk zu, das sich in die Pflanzungen verteilte, leuchtenden Blumen glich.

Was an vorgespieltem Glück dieses Schauspiel mir doch brachte! Lieber als Literat hätte ich Bauer sein mögen. Wenn endlose Träumerei die Bauernherkulesse gewiegt hat, entwickelte diese in mir, leider, nichts als Angst. Unser Tal ist wie ein Nachtrieb noch anderer Berge, die im fernen Asien brausen. Ihr Leute von der Veilchenblume, Arbeiter der Erde mit euren tausend Augen, ein Friede, Stille, eine Offenbarung, höher als alles, was Fortschritt ist, ward euch gewährt. Davon also werdet ihr Zeugnis ablegen, denn Frieden ist keinem mehr, verliert erst das Salz seinen Geschmack.

Die Priester, sie deuteln ihre vernebelte Zukunft aus, auf die Jugend haben sie das Netz nun geworfen. Eine düstere Kuppel ist mir im Sinn, in der beim Morgengrauen die heiligen Hymnen anschwollen; um die Säulen wanden sich Ähren und blaue Trauben, Speise und Trank der Turteltaube. Wir aber, überall spüren wir unsere verwüsteten Hochebenen, den ausgeleerten Berg in uns. Ein Gefäß sammelt das Blut derer, die seufzend eine neue Sintflut beklagen; eh sie aus dieser dunklen Erde gehn, verweilen, wie letzte Vogelkrallen, meine Gedanken auf diesen Hängen. Ach Städte, in denen die Menschen sind, acht meiner Jahre tropften an einem Felsen ab!

Vom Kloster ging ich ab und wurde Soldat. Und diese Jahre, das hieß Einsamkeit von neuem, Verachtung jenes Händlergeistes, der die unbefleckten Länder verschlingt, hieß Wahl eines Lebenswegs außerhalb unerer Zeit. Im übrigen strebte ich – während das Mark unserer Wahrheiten zerfällt – zu dem Geheimnis meiner Gegenden, der steinernen Altäre, der Gärtlein, darin alte Frauen Rosen pflanzen. Indessen lagerte die Armee gleich unter den Gletschern, im Dickicht zuhinterst in den Schluchten, wo die Flüsse anheben. Einige von uns auf der Suche nach

Liebe noch; ah, ihr Prophetinnen, seufzten sie, ihr Hirtinnen der Schafe! Die Nächte, da wir ausrückten, waren meine Nächte. In langen Märschen hoben wir ab von den lehmigen Obstgärten, den Dörfern mit den Christusbildern. Wie die Forellen stiegen wir zurück, der Kindheit von Tälern entgegen, den Göttern über den Wassern. Ein Wort, was ist das; ein Schatten, was ist's? Wenn ich Durst hatte oder Hunger und die sauren Äpfel aß, die auf den Wegrand gekollert waren, und meine Kameraden teilten sich drei Sardinen im Öl, wenn ich mich hinhaute bei den Zelten, gegen Abend, wenn die Wache mich rief – ha, sie gefiel mir, die Wache, mit allen war ich, mit jedem –, die Bäume gefielen mir, die Quellen, die Nacht ... Wie Dampf eines siedenden Gerichtes stieg sie auf, meine Weltsüchtigkeit.

Brot und Wein der Soldaten, Brot und Wein der Priester, Brot und Wein der Bauern, Geschenk seid ihr mir und Gestalt; glücklich, wer euch brechen kann, ohne den Schleier der unsichtbaren Gestalten zu zerreißen: denn wer es tut, ist verloren. Blindheit schlägt ihn innen drin. Zwei Leben sind in mir, schweben zwischen Schatten und der Wolke, Zweifel und Enttäuschung. Den Fall der verkümmerten Patriarchen ahne ich, Herren am oberen Fluß, und ich horche die neuen Dörfer ab, unstet die, der Nacht zugetan mit ihren Fabrikbussen und Trauben schläfriger Schichtarbeiter um Mitternacht. Arbeiter wie finstere Stiere, hinaufstürmend zu ihren steilen Wohnstätten. Das Szepter der Rebe wird auf Chemiker übergehn, auf Mechaniker-Bauern; hie oder da ein junger, geschniegelter Advokat, der Gutenachtwunsch eines Pfarrers (ach, Schild, Schönheit und List des jungen David!), das ist, was, vielleicht, an Zukunft noch bleibt. Meine Wahrheit gehört den einen und den anderen, wie Tabak, ausgeteilt an die Kerle, die eben aus der kleinen Kneipe kommen.

X

Mit einem Petschaft möchte ich siegeln mein Land und diese Epoche, aufrichten für immer ihre Wahrheit, die göttliche Natur, die in ihnen ist. Anführen will ich hier meine Taten, Gesten, Gedanken, denn ich bin gevierteilt, den Kopf zweier Welten fühl ich in mir, mit unterschiedlichen Erfahrungen, Verfahren, und auf eine Art habe ich keinen rechten Glauben mehr.

Die Jahre der Prüfungen, die um Kriege kreisten, an einem schwachen Strahl Frieden hellten sie auf. Den Soldaten war ich beigetreten fast wie einem neuen Kloster, und unter den Bauern gingen sie nun wieder auf. Mons Jovis, Haargeflecht, langes, Großer Sankt Bernhard! Zu Ende ging die Wacht auf unbestimmte Zeit; den Schattenländern zugetrieben hatte sie mich in einem fort; mit ein paar Männern, deren Anführer ich war, gabelte ich stückweis jene Erde auf, die außer Veilchen nichts trägt. Halb Wilde, hatten wir Grenzwacht gespielt. Aber da ist das einzig wahre, das Seelenleben; es bedient sich all dieser Ereignisse und setzt sie um. An die Geheimnisse, ans heimliche Getuschel der Dörfer mit den schwarzen Stierchen kam ich heran. Flöte aß ich, und ich trank Hirtenhorn. Als, ohne Beruf nun, ich wieder ins heimische Advokatenbüro fand, suchte ich eine andere Wahrheit als die meiner Brüder. Was mir teuer ist, um jeden Preis hätte ich es der Zukunft antrauen wollen, um es dort eingepflanzt zu wissen stärker als eine Pfeilspitze. Doch mag auch sein, ich verfasse nur eine Erbteilungsakte – und der Bankrotteur bin ich. Das Silber, womit die Munder Bäuerinnen die Staubgefäße des Safrans wägen, die Trockenfleischkeulen, das dunkle Vieh, die Butter oder die Seide mit den eingestickten Blumen, in tausend Spuren eine vorgegaukelte Schönheit, die großen Lärchenmonumente, Bohnenfelder, die vom Raps und jene des Korns, darin das weiße Wasser fröstelt, das vom Gletscher kommt: all dies, das Althergebrachte und das um Gott Kreisende, woraus das Leben namenloser Leute gewirkt ist, unser meditatives Teil, unsere Lotosblume, zerrissenes Vertragspapier alles. Daß die kleinen Kinder es aufs Brot gestrichen bekämen, hätte ich gewollt, daß sie in Bechern davon tränken, um dann, wie die Titanen stark, diese Vergangenheit auszukehren. Wie Morcheln festsitzend, hocken die Sippen nachts vor der Tür. Haben zurückgefunden zu jenen Kolossalfiguren, in Höhlen gemeißelt, Buddhas mit den Augen zu, von denen sich ein Lächeln ablöst. Die äußere Hülle fällt von Alt-Stadt ab. Auf einem Weg im vollen Zugwind der Schluchten eines Abends das ausgelassene Fest von Eselstreibern. Das Eselsgeschrei war – Prost! – die letzte Hymne, die meine Ohren seit langem gehört hatten. Denn ein ungekannter Zwang trieb mich; nachdem ich noch ausgerufen hatte: Hunderte neue Kirchen zu verkaufen, Verkauf von schweren Mühlsteinen, eines Bienenstocks und von einer Anzahl Pastorenbirnen ... machte ich mich davon. Soldat nicht, und nicht Bürger eines Vaterlandes, verließ ich mein Bauernland, das so geliebte Königreich, das vergoldete Pappelblatt, das ich an einer Wand gesehen hatte, die Häuser alle, Menschen und Tiere, mengend sich mit der Saat von Flüssen, die erst werden, und mit den nackten Hügeln. In ein Dorf jener offeneren Gegenden trieb es mich, Dorf, mächtig an Korn und nahe bei den unseren; in einem Bauernhof ruhte ich für ein paar Tage aus. Unter meinem Fenster schaukelte ein Aushang möglichen Landstreichern entgegen.

Gesucht ein Knecht,
der Pferde pflegen kann.

Knechte sind stämmige Menschen, erdverbunden; ich aber, scheint mir, sei da, um so etwas wie verschleiert und abwesend zu bleiben. Meine Verwandtschaft, spartanische Grundbesitzer waren das. Heute läßt uns die Abgeschiedenheit erzittern; die Samenkörner der Religionsstifter, seit Anbeginn sind sie hier unter Hauswurz und Felsen begraben. Unsere Bergfahrten, was soll das, der kontemplative Halt in einem der wilden Täler und auf den Gipfeln, von wo aus man die Städte sieht? Zeichen suchen wir überall, den Verlust des Heils können wir nicht mehr ertragen. Wie Schattenbäche schwellen die Wahrheiten der neuen Länder an.

Apollinische Kleinmeister waren wir, doch uns brachen die Stromstöße des Geschicks, warfen uns um, und so sind die Anemonendörfer zerbrochen, die Gefäße, aus denen Milch und Honig fließen. Nun reiche ich sie den Toten dar, deren Seufzer ich höre wie ein Adieu, ein Weh aus dem Mund des Berges. Dahin ist der Friede des bäuerlichen Geschlechtes. Weggestrichen vom Bleistift der Händler die Aussichten der Schwerfälligen. Es zerbröckelt die Gesellschaft des einen, einzigen Buches: der Bibel. Als wären sie der Nacht zum Opfer gefallen, steigen meine einstigen Führer, die Priester, heilige Eunuchen, zu den Altären. Durch eure Trägheit habt ihr alles verloren, antworte ich; verdammen wird euch die Stadt und unsere Tempel verschlingen. Die verheißene Heiligkeit, wo war sie denn? Das unermeßliche Land der Obstbäume aber rauscht noch ob der Frucht, die es bringt: die Mandel einer Jungfrau, den Mann mit dem goldenen Feigengesicht.

Verdorben das Glück dieser Nation, denn sie hat jene hingemacht, die auf der Suche nach der vollkommenen Freude sind. Und nicht die Spur einer Antwort wird auf den Anruf dieser Gnade noch zu haben sein. Ich unterhielt mich mit einem Mann, der Pfirsich pflanzte, dabei das Ohr auf die Erde legte, um Risse abzuhören in der Ferne. Hinter ihm hing der große rosa Skalp eines Trupps von Pfirsichbäumen. Richtiggehend triefend vor Schweiß, staunte er nur, daß niemand sich mit ihm freuen mochte; doch zerbrochen sind die Völker der Täler, Harfen einst, die in den Bäumen sangen. Ich forsche die Kühe aus, die Herren des Pflugs, die Frauen. In dem Haus, dem der Knecht fehlte und das mir Zuflucht war, übermannt uns die Müdigkeit: Der Meister fiel um vor Schlaf, wurde schnarchend aufs Bett getragen; aufgeschlagen das Schuldenbuch; abends in der Stube eine plappernde Bäuerin. Plumpe Dichterin kleiner ländlicher Begebenheiten, feierte sie vor allem ein Mädchen. In ihrer Erzählung wohnte dieses auf einem Schloß, das sich im Norden unserer bestellten Felder, unserer Nebelwälder auftürmte. »La Poursalès«, der Name war mir schon vorgekommen, und er redete von Glück aus Zeiten. Die Dichterin aber erzählte von Heimsuchung: statt des Mundes sei die junge Frau mit einer Schweineschnauze geschlagen, und sie fresse aus einem goldenen Tröglein. Von den Zäunen, den Bächen aus, hätten im Herbst die Hirten manchmal gesehn, wie sie um ihr Anwesen streifte; zu anderen Zeiten aber schweifte ihre Kalesche über Land und führte sie überallhin, den Kopf verhüllt mit schwarzem Tüll. Und, fügt man hinzu, mit einem Vermögen bieten die Eltern sie jungen Bauern zur Heirat an – während, wie mir scheint, der schauerliche schwarze Schal das Geschrei und die Blicke einer ganzen Provinz auffängt.

So die Geschichte, wie sie der Bauernhof leise spann: Sage aus diesen Gegenden oder wahrhaftes Unglück, eine jener seltsamen Versteinerungen im menschlichen Granit ... Aber kommt das nicht aufs selbe heraus? Mit einer Messerspitze Gold darauf, sollte ich übrigens ein weiteres Mal auf die Spur jenes Rätsels stoßen, das sich im Gesicht einer Frau verbarg. In einer Vorstadt, wo man, an sehr hellen Morgen oder Abenden, hinter mickrigen Messerschmieden und Kramläden, die erwachten oder schlummerten, wo man am Ende der Straßen einen weißen Berg aufschimmern sah, machte ich mich an eine Frau heran. Oft war ich weither gekommen, trunken von meiner Einsamkeit und von den Wäldern, in denen die Wildkatze kämpft. Die jungen Frauen in glänzender Robe gefielen mir. Friedlich rauchte ich und trank vor mich hin, bis in den Morgen, wenn mein Markt ein guter gewesen war. In der kleinen Schenke eines Landsmannes, bei dem ich aus und ein ging, läßt ein Glas Wein – duftend nach Lärchenharz noch – die ungewöhnlichsten Begegnungen mit den Müttern der Landstraße in meinem Gedächtnis aufsteigen. Flüchtig ziehn sie vorbei, meine Gesellschafterinnen, zum Spiel ziehe ich aus ihnen etwas Vergangenheit heraus; jene, die auf Nacht reimt und auf den Lärchenwein, ganz unerwartet hatte ich sie von einer Familie reden hören, die manchmal in einem privaten Quartier in ihrer Nähe abstieg. Diese Leute kamen aus geschäftlichem Anlaß: Ostern oder Export-Import, nach hartem Brauch. – »Meine Mutter zeigte mir düstere Reisende in schwarzen Mänteln, Fischotterkragen. Ein Mädchen hatten die bei sich, halb stumm und mit einem Rüssel einer Sau ...« Idiotie, das nahm ihre Gemüter gefangen! Noch einmal also hörte ich, verschärft durch weitere bittere Pikanterien, eine Vorlesung über den goldenen Trog. Inzwischen schien mir, jenes Evangelium müsse vom kirchlich gebannten Christus kommen. Die schreckliche Stummheit dieses Landes, keiner unter den Propheten mit der Weinfahne konnte die je durchbrechen. Ich, der verlorene Sohn, habe zweimal eine Botschaft erhalten.

Gestaltheiligkeit der Dinge, des Ortes, ein Mädchen ward uns an den Beginn des Weges gelegt, wie Salz. Meine Heimat, wie steht's um sie? In Dämonen des Sturms verwandeln sich die Feen, krallen und kratzen unser Land, so daß es darniederliegt für immer. Wie das Extrakt der Tollkirsche wollte ich aus den Pfarren den Geist pressen, anzapfen dies ach so milde Tal. Einige zogen es vor wegzugehn. Endgültig umgefallen ist die Jugend: Kälte, Nacht, Atheismus, Lebensüberdruß – so also die Größe der Hauptstädte hier, der kleinen Häfen am See. Die wie wir einen Glauben hatten, sollen in die Reben gehn, sich dort ein Grab zu schaufeln.

Von meiner Zeit sage ich: »Ich mag sie nicht.« Träumend breche ich auf zu den Wohnstätten meiner Kümmernis. Sanft stöhnt die Rhone der Bauern, eine ländliche Leier war meine Muse. Lahm schon, folgen die strengen Dörfer dem Kreislauf des Sesamkorns. Knochen, Öl, Licht. Umsonst stacheln die Makler sie an, wollen sie in Versuchung führen wie auch ein Mann hier, der als Staatenlenker keineswegs ein Tolpatsch ist; was war, muß vergehn. Alles. Und ich bürdete mir auf, was heute Behuf von Greisen ist; deren größte Freude besteht darin, Anfang und Ende einiger sehr magerer Felder zu sein. Wir leben den großen Bruch. Ihr, ja ihr wähltet die Werke des Tages, Mittag, Zenith, ich aber wandte mich der Mystik im Menschen zu, den Höhlen, unter dem Berg, tosenden Wassern. Wo ist das Dörfchen der Flößer, allwo ich so gerne dem Frühling zusehe, wenn der sich mausert zwischen Schattenufer und Sonnengestade unter dem Schneevulkan? Ich hatte dort gewohnt, ernährte mich von Ziegenkäslein, die nach Rauch rochen. Meinen Atem habe ich dem Rauch einverleibt. Philosophen oder Eulen gleich, stürzten sich meine verschiedenen Seelen dort in den Abgrund.

Familien, für die ich mein Leben gäbe, Leute mit starker Stimme, ich höre, wie sie einander zurufen, vom Haus in die Gärten, die Wiesen, sehr hoch über dem Fluß, und ich sage: Ah, auch ich habe vom Saft der Rebe getrunken! Daß ich zurücksteigen könnte, in Gestalt eines lebendigen Gottes, zu den Völkerschaften, auf die der Tod lauert. Sie wird durch das Nadelöhr gehn, die Rasse der Bergführer, und sie wird ihn spüren, den Stachel, doch ausreißen will ich ihr diesen.

Die kühlen Dörfchen sind auch Kinder, bekränzt mit Enzian und Weinranken, und sie wissen noch die rauheste Erde zu necken. Teller voll Milch, Gläser voll von klarem Wein, daraus essen und trinken die Auferstandenen. Schäfer sind sie, diese Dörfer, und hüten das Lamm Gottes, das uns erlöst. Wenn ihr sie zerreibt, werdet ihr ins Elend kommen. Werdet sie wieder aufschütten müssen, diese Erde: So sehr sie zum Fruchtbringen taugt, so stiefmütterlich ist sie in der Liebe.

Unterdes tragen die Priester eine schwarze Binde über den Augen, in ihren Ohren das eine Gemurmel nur: »Es ist vollbracht. Alles.« Arbeit und Gottesfurcht schürzen sich zum Knoten unseres ganzen Lebens. Leider habe ich das eine auf Kosten des anderen gelebt. Die Not-Wende aber zermalmt uns. Was immer an einsiedlerischer Hinterlassenschaft ist, wird von der Stadt zum Konkurs angemeldet; die neuen Lebensregeln, sie werden es durchlöchern, das hölzerne Wallis, die letzten nach Frucht duftenden goldenen Hierarchien der Nomaden.

Wir sind aus Weidenseide geschnitten. Ich glaube und verzweifle. Bei den Bauern hielt ich mich auf, da sie, berauscht oder verrückt, die Asche der blauen Berge schmeckten; im Morgengrauen hörte ich das Piepsen der kleinen Vögel, hörte den Ruf des Totenvogels zur Nacht.

Gehofft habe ich, wider besseres Wissen. Predigte den Leuten auch noch, als sie mit von Geschäftssorgen verschmutzten Gesichtern kamen. Gern hätte ich zwei Gesellschaften, zwei Wirklichkeiten miteinander versöhnt, dieses aber ist ein göttliches Unterfangen. Zu seiner Zeit wird das Gute den großen bäuerlichen Zyklen hier, den Rhythmen der Mechaniker dort entsteigen. Mein Sang ist am Ende.

Manchmal dachte ich doch allen Ernstes, mit ihren Gedichten könnte die Mühsal der Asketen ein Lösegeld bedeuten für die kleinen Dörfer, die das Letzte aus den langen Silex-Hängen ziehen: Über phallischen Maiskolben stemmen sich die Häuser, bei einem Krug, der überläuft, doch sie serbeln dahin. In sich selber wird und stirbt ihre Schönheit. Ich befrage die Wesen, in denen Schatten nachzittert, das Wasser, der Rauch. Alle die Prophezeiungen aus abgestorbenen Zeiten gossen sich auf unsere Rasse aus. Ah! das dürre, düstere Land. Ich war im Schlund eines Tales, stieg eine Schlucht zurück; Händler drängeln da hinein, Träger mit lärchenen Weinlägeln, Käser, den »Vogel« auf dem Kopf, Mineure, Geometer. Dies also der aktive Weg, aber: verdrängt sind Getreide und violetter Mais. An der Tür einer Kantine, Bindestrich zwischen Dorf und Baustelle, las ich eines Tages die Gründungsanzeige der neuen Gemeinwesen. Die da Oblaten segnen, die Pfärrer, die Meister des Bauernlandes und die Männer jener anderen Priesterschaft und Macht, mit der die Industrie Wort wird: am Ringen. Einem großen Abschwören gehen wir entgegen. Wie am Ende der Antikenfunde Christus steht, so wird die Schrift sich entwickeln.

Statt einem, der Verse versandte, warum war ich da nicht eine Hand, die pflanzt oder versteinert, mit Leib und Seele ein grobes Sieb der Natur, oder gar schwachsinnig. Der Traube Blut, der Wind von der Rhone, in mir sind sie gefroren, und mir bleibt nur, mit den männlichen Prostituierten alias Pfarrherren um entfremdete Tempel zu streifen. Hinter den Bibliotheken, hinter den Latrinen dieser Tempel, die im Schnittpunkt wilder Berge liegen, nahm ich den Weg und kletterte bis zu den Weiden hoch, wo sich das Reich der Arbeiter und das der Hirten austarieren wie der Tag und die Nacht: Herden und Quellen, Maschinen und Quellen. Eine alte, zeugende Kraft will ich dort fassen. Die Kühe dem Wasser zu vermählen, war die Vernunftehe unserer Täler. Weltliche Mönche hatten dort nun der Erde das Goldkorn des Lichtes zu entringen. Allüberall werden sie den sakralen Charakter zerschlagen, die Stauwerke, und die höchst irdische Redeweise auch noch des kleinsten blind geborenen Sehers. Was immer auf den Traum baut, wird im Morgenwind zerfallen.

Statt des Pfluges packen die Dörfer den Ladestock und zerschneiden den Fels; um den Atem großer Länder kämpfen sie, politische Tyrannei kann jederzeit einziehen, während, wie Samson sein Haar, der Klerus die mannhafte Bartpracht verliert: Obstgärten, Flüsse, Saubohnenfelder. Was kann, mangels Masse, Tugend noch bedeuten, wenn die Bürgerschaft (bürgerlich war sie) nicht mehr gewährt ist?

Auf den Bauernhöfen, jetzt sozusagen bargeldlose Lädelchen, wo die Sonntage hinschmachten, besagt ein Wort: Göttliches im Verein mit dem Sterblichen, das kann nicht gutgehen. Erfüllt bin ich von genau diesem Widerstreit; die Welt, fühle ich, ein hängender Garten, zitternd über dem Abgrund. Der Tauben Zukunft wäg ich in der Hand und halte diese für weniger gefährdet als die meine, indes ich, vor dem Beben, die nachdenklichen Berge abzähle. Vereinzelt Kinder noch auszumachen, nackt im Gras, ein rauchender Alter, Frauen bei der Schafschur, Männer am Umgraben von Reben. Sie taumelt, die bettelnde Bittprozession! Petri Blut! Dein Blut, heilige Barbara! singen sie. Nacht füllt den Bauern den Bauch. Das unwandelbare Erbe zerfällt: der Täler Hauptfiguren, ob Mensch, ob Tier, Holz oder jener grüne, behauene Stein, dies trächtige Maultier, jenes Säcklein voll von Edelraute, sei auch ein Brunnen, ein Gesicht: die Wildbäche hinabgestürzt alles.

O Stern der Venus, Primelwein summender Städte, des wortkargen Landes, sanfter Planet des Frühlings, der du bald dem Handel der Morgenfrühe vorstehst, bald mit dem ersten Trank des Abends eintauchst in unseren Traum, gib einem jeden von uns – und daß sie deinem Lauf am Himmel gleichen –, gib uns allen den Tod ein und die Auferstehung. Hierhin gehe ich, auch dorthin. Stets wieder verfolgt mich dabei ein Drama, das die Provinz erschüttert, die noch das Samenkorn verschweigt, den Rauch: die Bauernfamilie, die in der Jauchegrube untergeht. Im Wirtshaus lese ich die Blätter, die von Todesfällen reden, und dieser eine bleibt mir immer haften, denn es ist dies wahrhaftig ein Tod vom Lande und der Teufel dabei im Spiel: An einen Vater denke ich, an seine Söhne; an Onkel, Schwäger, Brüder. So schmiedet sich die furchtbare Kette. Den Kopf schon schwer, wird der erste geschnappt, dann stürzen, nicht wissend um das Gift, die Retter einer auf den andern. So denn kommen wir um, den einen Fuß im alten, den anderen im neuen Leben; das Verwesen der Dinge greift nach uns. Oh, daß aufsteige doch der Frühlingsstern. Ich schreie sie heraus, die Namen der Dörfer, die abstiegen in die Finsternis. Daß ihnen entspringe dieser grüne Jadebrocken; durchs Seihetuch unserer langen Vergangenheit gehe der Lichttropfen! Dem Schatten können wir uns nicht entziehn; Opfer zu sein, heute, wir fügen uns, wenn – ausgefällt das ganze Elend, die Krankheiten, die ausbluten das Evangelium der Einhelligkeit und Freude –, fügen wollen wir uns, wenn wir nur, voll der himmlischen Fülle, geläutert, neu geboren werden. Zerstört sei alles, was der neuen Zeit widerstrebt.

Lebewohl sage ich nun dem Land der Becher, entschwinden möchte ich und wiederkommen. Eine große Liebe habe ich gefunden, auf dieser Welt, und Fruchtbarkeit war ihr beschieden. Ich habe eine Familie; den Wanderstab fasse ich an, der im Flur hängt, und drüben, jenseits meiner Berge sehe ich manchmal etwas wie eine neue Heimat; Aprikosenterrassen, breite blaue Sockel, an Geheimnis übervoll, Schluchten, Schneerinnen, schäumende Wasserfälle, Schatten noch und noch und ungezählte weiße Gipfel. Der Hang aus Granit, der Hang aus Alabaster. Sie übermannt mich, die Versuchung, auf die andere Seite zu streifen, ein Mädchen zu schwängern, eine bodenständige Bauerntochter, zu saugen ein wenig an jener alten Welt, die mit einer Feige, mit einer grauen Olive beginnt. Denn da ist, aus listiger Lust, die selbst Priester kaum meistern, ein Drang, sich nur noch den Kindern des Fleisches zu widmen; und Kinder möchte ich haben, weil ich ein schwaches Geschöpf bin, ledig der meisten seiner vielfältigen Interessen, die weit auseinanderstreben. Nichtig meine Hände, ohne jeden Ertragswert; aber Söhne möchte ich haben, und sie sollten das Korn aussäen neben den Erstgeborenen einer hochgestimmten Hoffnung, zur Welt gebracht von der verwandten Seele. Alle zusammen mögen sie ausbessern, neu wirken meine zerrissene Existenz. Letzter Anwärter auf beschauliche Gelassenheit ist die Gußform, aus der ich wurde, in Stücken. Die kleinen Kinder sind das Karrenöl unseres Lebens. Vorgegeben war mir, durch die Berge zu ziehn, die meine Weltendeutung wurden. So gut es geht, wehre ich mich gegen den toten Buchstaben und gegen die Kürze des Daseins. Und dagegen, daß sich unser ganzes Bemühen zersetzt. Gedichte werden dies Dorf zuhinterst in meinem Tal in die Luft sprengen, den Schädel aus Moränenschutt, dem ich noch einen Gedanken entreiße. In Sachen Feinheiten, Geschmack ist unser Land ein Zeuger erster Güte. Der Fluß ist ein Forellenwasser nur, sucht aber die goldenen Inseln, die großen. Unser Geschick ist ein zweifaches, doch bringt mir Brot und Wein, ein Viertel schwarze Kuh an meine Lieder, so will ich euch feiern den Abend- und auch Morgenstern.

Gesang von der Grande Dixence

Zeit der Grande Dixence – doch ein Dichter, in Rußland gefangen, rührte mich an. Der setzte, kein Zweifel, wenn er von Blumen sprach, mit Blumen ein Maß. Die ihn anklagten, lagen falsch. Daß sie aber zu urteilen suchen, sagte ich mir, tun sie nicht gut daran?

Und ich, ein anderer Poet?
War ich nicht in Frage gestellt?

Das eigene Anderssein anfechten ist der richtige Weg. Sie schütten einen Damm auf, eine Menschenmenge mit ihrer namenlosen Kumpanei. Und jenseits aller Verneinung, wer weiß, eine Note reiner Poesie. Da ich diese nicht finde, bin ich mit Nacht geschlagen.

Bin Zeuge nur einer Provinz, die mich erregt, die mich erstickt. Manchmal denke ich: Die andern, das ist Prosa. Ich aber befrage mich auf das Absolute hin, auf die Wahrheit in uns drin.

Russische Dichter von heute; eines ihrer literarischen Themen nahm ich auf, und ich glaubte daran. Man schreibt sie ihnen vor, scheint es. Die Grande Dixence, mir denn hat sie sich auferlegt.

April 1957

Für Albert und Marcel Righetti,
die beiden Geometer;
für Jean Quinodoz,
Ex-Mineur und Musiker.

Die Reise

Als ich Kind war, riefen die Bauern den Abbé Mermet, auf daß er ihnen Quellen fände für ihre klaffenden Matten, ihre versengten Hänge. Hand aufzulegen dem Land, lief Mermet mit seinem Pendel überallhin. Von Zeit zu Zeit hielt er ein und sprach: »Ha, hier ist nichts, doch würdet ihr achtzig Meter tief in die Erde graben, könntet ihr einen Fluß finden so stark wie die Dranse.« Eine galoppierende Borgne, eine Vièze, eine davongelaufene Dala! Kinn auf dem Schaufelstiel, beäugten die Bauern den gnädigen Herrn von unten; schienen verwirrt, eine kleine Quelle in Kellertiefe war eher, was sie zu fassen erhofften. Mich hingegen brachte das zum Träumen: die Ströme, das Brausen, mächtige unterirdische Gewalt, die man ganz da unten wahrnehmen mußte.

Dann also kamen die Mineure. Und mit ihnen sind es die Flüsse, die auf der Erde laufen, jene gar, die im Himmel strömen, Sturzbäche, Wasserfälle, alles, was sichtbar ist: wird hinabgehen, alles, abtauchen alles mit ihnen ins Dunkel. Was immer die Weiden netzt, was auf dem Grund der Gletscher bohrt und mahlt, die großen Sprünge aus dem Eis, Sätze vom Felsen weg, die Wassergüsse, flüssigen Hörner, die schwellenden Säfte, das Gleiten der Wellen, dies Element, das, fließend, das Wallis davonträgt (und wer es nicht gesehen hat und nicht gehört, dem fehlt etwas in seiner Weltenfindung: die Berge, man entzieht ihnen das Wort!), das Strömen, es wird in seiner Gänze ein unterirdisches sein.

Man pickt die Flüsse aus ihrer Muschelschale. In Hunderten, Tausenden Metern Tiefe spurt man ihnen einen Weg; die Wasserstellen samt und sonders ketten sie daran; man reinigt sie vom Sand, kerkert sie in Beton ein, man pumpt sie von unten nach oben; Schrapnells gleich werden sie von einem Loch ins andere geschleudert: unter den Alpen ein Geweb von erhabenen Adern, schwarzes Geflecht, das jenem der Rhone entspricht mit ihren Zuflüssen. Auf hundert Kilometern breitet es sich aus.

Am Lac des Dix schließt sich der Fächer.

Wo es von Krokus bedeckt, von Lawinen gerüttelt ist, zuhinterst in einem Tal ging ich hinein, in den Berg, und bin, weit weg, in einem anderen Tal aus ihm herausgetreten. Vom Cheilon nach Hohwäng, Baustelle dem Matterhorn gegenüber, wird, fünf Meter hoch und vier in der Breite, wird der Große Sammelstollen die Wasser alle, wird er das ganze Geäst der Quellen, Läufe, wird er die Schenkel – und die Kopfschlagadern, die Venen von den Riesen abziehn. Der Hauptgang hat seine Schächte, Siphons, Schleusen; die ganze Gletscherflut strömt der Dixence entgegen.

Wir sind die Herren der Zweiten Genesis: »Sie sammelten das Wasser an sondere Orter, und sie schieden das Liecht vom Finsternis.«

Stolleneingang, das ist zuerst ein Geruch von Schimmel, Moder, Unrat. Meine Freunde, die Geometer aus Genua, hatten mir diese Botschaft noch gesandt: »Wenn Sie unter den Bergen durch wollen, ehe wir Wasser einlassen ...« So kam ich zurück in den Tunnel. War mir nicht schlecht bekommen, damals, hatte ich da doch recht sachte gewerkt. Die schwarzen Stollen aber, gehärtet in ungestümer Arbeit, waren die völlige Nacht und außerordentlich in der Stille wie im Getöse. Wir? Wir wiesen ihnen die Richtung.

Auf dieser Reise, die der Entführung vorausging, dem Hinabschroten, Einkellern, studierte ich zwanzig Jahre Leben eines Landes. Ich fand ihn wieder, den Berg von innen, mit seiner Rauheit, den Nähten, Schraffuren, mit seiner Sprenkelung und all den Kerben von uns. Und mit dem Born, jenem Springquell, wo ich gesehen hatte, wie das Wasser gegen den Bohrer schoß. Es leert sich längs der Wand aus; welche Mühe, es aufzufangen – und wie wunderbar diese Frische! Es spritzt auf den Stein, stürzt mit fünfundzwanzig Sekundenlitern hervor. Zu Fuß machten wir die Strecke, oder an Wägelchen hängend; diese weisen die Arbeiter in den Vortrieb, an die Stellen, wo ausgebaut, eingerichtet, an jene endlich, wo ausgebessert wird.

Den Maschinisten hörte ich singen, er rief die Gletscher aus, unter denen wir fuhren: Tsidjiore-Nouve, Pièce-, Arollagletscher, exakt wie die Stationen der kleinen Orte im Tal. Über uns das große weiße Schweigen, die Sonne, Walliser Urgrund. Der Lokführer singt: Mont-Miné, Ferpècle-, Schönbielgletscher, Hohwänggletscher. Gebündeltes Sprenggas schneiden wir, wie Geisternebel streicht es durch den Tunnel. Morast zerteilen wir, dann stampft, auf einem Kilometer oder zwei, das schwankende Kippzüglein Wellen. Hitze nun und Trockenheit. Sie ersticken uns. Noch immer singt der Maschinist. Sind wir auch frohgemut, möchte ich ihm dennoch den Schweizerpsalm in den Mund legen, jenen bitteren, echten, den der Soldaten: »Unser Leben gleicht der Reise eines Wandrers in der Nacht ...« Und mit der Unerschütterlichkeit von Söldnern, Reisigen um nichts, bestehen wir darauf: »Jeder hat auf seinem Gleise etwas, das ihm Kummer macht.« Ich fahre in den Granit, und der Antiphon der Zukunft sitzt mir im Hals: Bald werden sie, zügig unter der Erde, so schnell, wie's nur geht in der Leere, dem Loch, bald werden sie, summend oder grimmig, sich auf immer aus ihren Tälern davonstehlen, aus ihren Dörfern, die Flüsse und Flüßchen in den Farben von Absinth!

Doch wenn da eine Frage ist und so es eine Antwort gibt: Energie, Energie.

Der Stollen! Unentwegt Einsamkeit ist das nicht. Aus der Zeit meiner früheren Arbeit, meiner Annäherung an die Mineure, ist es mir in lebhaftester Erinnerung, durchrieselt mich noch: die Lampen! Von unendlich weit scheinen sie, Lichtklümpchen, aufblitzende, die einen Gefährten anzeigen und sich mit diesem bewegen. Keiner hat sie gesehen und liebte sie nicht. Es ist ein Zauber in ihnen. Wenn sich ihr Umriß verdichtet, enthüllen sie die Zwangsgenossen der Grande Dixence. Bauern, die Jahrtausend wechseln und ihr Los. Das Pfropfen, hier geht es vor sich. Doch die Natur, zur Grande Dixence, zu ihren Ingenieuren, Maklern sagt sie auch: »Nicht ihr habt mich erwählt, sondern ich habe euch erkoren.« Knisternd, flakkernd die zusammengezimmerte Schmiede an unserem Weg, ein paar Leute, die Röhren tragen, eine Maurerequipe betoniert die Tunnelflanken, eine Mannschaft bereitet die Stollensohle vor, kauernd und krumm die anderen, legen Geleise aus.

Adieu! sagte der Maschinist. Ein jeder mit seiner Lampe, ein jeder mit seinem Schatten ringsum. Schweigen oder eine Zigarette oder ein Wort, ehe es in der Finsternis wieder auf die Piste geht. Besser noch ist Schweigen.

Wir stoßen auf Gesichter, erkunden diese, küssen sie eine Sekunde im Lichtschlitz der Nacht. Ihr Asketentum, ihr roher Schwung und ihre Sanftheit. Kommt vor, daß einer von ihnen dich überrumpelt: Er offenbart dir ein Geheimnis. Besser als Frauen verlobten Poeten sich diesen klarsichtigen, diesen undurchdringlichen Gesellen an. Die Burschen aus dem Süden, mit ihrer Müdigkeit – sie entbehrt der Scham nie, mit ihrem Heimweh auch; die Eringer aus Evolène: wilde, zerwühlte Mähnen unter den Beulen des Schutzhelms, und Augen, manche von ihnen so scharf, daß ihre Blicke krallen.

Ihr Lampen, ade!

Einen Kilometer laufen wir, Sack am Rücken, Füße im Wasser. Es spritzt die Schenkel hoch. Hier denn ist die Stelle der Quelle. Und der Ort des Durchschlags. Bohrmaschinen auf den Schultern, sind die Mineure abmarschiert. Pflegen in kleinen Dörfern ihre Wunden. Schau her, da schwimmt eine Kiste leere Flaschen. Ich mache die Weinetiketten meines Onkels aus, des Präsidenten. Willkommwimpel, Stühle und ein abgesackter Tisch, das Rednerpult. Durchschlag, das feiern sie immer. Der Bischof entsandt, Honoratioren delegiert zu diesem letzten Knall im Bergesinnern. Zur letzten Wand, vor der sie warten. In ihrem Beisein wird sie heruntergestaucht. Glattrasiert und hochrot im Gesicht, rufen die Redner aus: »Gletscher im Westen, Gletscher im Osten, vereinigt euch!« Seit ein, zwei Jahren unterwegs, erklettern die Mineure den letzten Haufen Felsenkrümel. Sie halsen einander ihre Nacht auf, feiern große Umarmung! Ein Wald aus Händen, Buketts von Schreien, Anschwellen der Lampen, Bruderküsse, Gejohl. Die einen, die andern, seit Wochen versuchten wir, Ohr an den Fels geklebt, seit Wochen versuchte man die Sprengungen zu hören, die einander näher kamen. Hinter den letzten Explosionen wird gedrängelt. Alles fliegt: die Felsen, die Erde, die Herzen und der Kopf. Eine große Fracht trunkener Männer steigt aus dem Berg.

Im Wasser weiter! Wir straucheln über die Schuttkegel der Zusammenführung. Noch ist da nichts blank gefegt, geleckt. Von der Kalotte hangen Felszapfen, Blöcke wakkeln, Steine, über den Boden ausgesät.

Schnell hindurch, wir wagen nicht zu husten.

Krokusteppiche, ein neues Tal, dahin gehn unsere Wünsche.

Fenster in Sicht! An die andere Seite des Berges zu rühren hat jedesmal neue Anziehungskraft. Doch wir sind aufgesogen, aufgelöst sind wir im Tunnelausgang. Die eine, die immer gleiche Überraschung, wenn man aus dem Stollen steigt. Ergriffen sind wir von der Klarheit des Tages, vom Flittersilber in dem Loch da vorn, blitzend, traumhaft und nicht zu ertragen.

Dahinter die Welt der Geburt. Stimmt es, daß man trübselig wird an der Sonne, frage ich.

Das Ringen

Zwei Gruppen, zwei mal zwölf Apostel gehen, von Schlucht zu Schlucht, von Tal zu Tal einander entgegen. Ihr Evangelium, ums erste gibt es sich nicht preis. Mineure sind's. Macht ihr euch ein Bild von ihnen, zuhinterst in einem Stollen unter der Dent Blanche oder einem anderen Berg? Sozusagen umgestülpte Touristen, und besser als die anderen begreifen sie, was am härtesten ist: der Fels.

Sie bohren. Mit meinem Stahlmeßband stieß ich jeden Tag zu ihnen. Ich erinnere mich, wie der Lärm mich zum erstenmal überrascht hat: nach tausend, nach zweitausend Schritten ein Getöse, dumpf, aber platzgreifend. Es durchflutete den ganzen Innenraum des Stollens. Ein Donnern dann, und schwillt an, man denkt an einen Schnellzug, der über die Brücke braust. Man steht hinein in den Lärm, trägt ihn weiter. Mißtönend ist nicht, tut dem Ohr nicht weh; schrillere Töne, hier oder da, stählernes Kreischen mündend in das Baßorchester.

Da ist der Lärm – und da ist die Wolke. Der Lärm und die Wolke sind eines. Wir treten in einen Schleier aus Wassertropfen, Dunst, von dem sich Schemen abheben, sichtbar auf ein, zwei Meter. Wir treffen auf die Lampen. Karbidlampen und elektrische Lampen, die sanften und die heftigen. Dem Helm aufgesteckt, hüpfen diese, rammen, setzen Schrammen, jene hingegen versammeln die Halbschatten um sich.

Die Karbidlampe: Gußgranate mit einem blauen Blumenstempel.

Im Vortrieb, unter dem trüben Regen stehen wir. Maschinen schleudern Wasser in die Staubschauer. Zwischen Röhren stolpernd, komme ich näher. Nur noch Anrufung alles, die große Anrufung des Motors. Leiber, Ölzeug. Ein Film verwackelt die Bewegungen zu Schattenbildern. Diese zu enträtseln übe ich mich. Schreien ist nicht möglich: allein das Getöse, erregend und mächtig. Die Männer, versunken oder gespannt. Wie Sprinter, im Endspurt erstarrt, scheinen sie enthoben. Mit gereckten Armen stützen sie Bohrhämmer. Und die Schneiden, über ein und einen halben Meter lang, dringen drehend in den Felsen. »Empor die Herzen! Wir haben sie gegen den Gneis.« Ein Angriff ist's: Einknicken das Knie, dann durchziehen, dehnen, strecken; Schultern vorwerfen, die Lenden ein einziger Bogen; sei's dicht über dem Boden an den Fels gezwängt, sei es aufrecht auf einem Brettergerüst: Rumpf dem Gewölbe entgegenschrauben. Arme und Beine stoßen und klammern: Bucklige Jesusse sind das, oder Quasimodos, verwachsene Monster von Victor Hugo. Oder die verrenkten Landsknechte von Hodler. Was für ein seltsames Getümmel! Es kann auch aussehn, als hielte und schüttle das alles von alleine: die Gnade, was sonst! Rittlings, gemütlich ganz, klemmen sie die Säule der Bohrhämmer zwischen die Beine, im Mund die Zigarette, die Hand lässig am Griff der Waffe, ein Zehntel Aufwand genügt.

Ich stellte mir vor, der Lärm müßte helfen, den Granit zu durchbohren. Verschluckt wird man von dieser Flut, der ungeheuren Strömung, die da braust. Quer durch den Berg geht es voran. Ist die Bohrschneide voll in die Wand gedrungen, zerren, das ganze Gewicht in den Fäusten, die

Mineure sie mit einem heftigen Ruck heraus; leicht nach hinten taumelnd, pflanzen sie die Säule auf den Boden.

Dieser kleine Stollen lief einem Zufluß der Navizence hinterher, Reiserchen der Rhone!

Vier Ritter und zwei Knappen! Vier Ritter am Bohren, zwei Waffenknechte spannen.

Spielen eine wilde Orgel auch. Eine Stunde, und sie legen die Instrumente nieder.

Stille dann. Fast daß sie uns erstickt. Eine Transe Tee geht um. Die Brust pflückt das leichte Lindenblütenparfum. Schon öffnen sie die Sprengstoffkiste. An einer Wand kann man, an den Bohrlöchern, das Herz abzählen und, seitlich drum herum, die Paramente. Mit einer sehr langen Gerte, zitternd wie eine Kutscherpeitsche, werden, Hauskäslein gleich, die weichen weißen Würstchen tief in die Löcher geschoben. Zündschnüre folgen den Käslein. Husch! und die Wand ist von Lunten zerzaust, die man mit der Zigarre oder mit einem Phosphorstäbchen zündet. Die Stollenbrust, sie prasselt, Räuchlein wehn. Zu Fuß, auf Wägelchen, bringt sich alles in Sicherheit, man rennt in eine Felsenbucht zurück. Fäuste in den Ohren, zählen, über die Wand, die Mineure die Detonationen, im Nacken spüren sie die. Wie Fürze kommt das. Die Salve.

Schläft eine Ladung, zerreißt sie dir später das Gesicht!

Auf vier Metern ist der Berg heruntergefallen.

Prämie, die Prämie!

Verbissen und sportiv werfen sie sich darauf. Denken auch an die neue Mannschaft, die ablösen wird. Auch diese besiegen, mehr als sie zustande bringen. Elf Stunden Akkord legen sie hin, in dem Granit. Mittag, Mitternacht; Saint-Martin gegen Evolène. Samstag, Sonntag, davon wollen sie nichts wissen. Ruhe, Muße – der Wein ist's zur Genüge; Ayent gegen Isérables. »Wir, fünfzig Zentimeter haben wir noch mit dem Pickel zerfetzt, nach der Sprengung!« Dieser Zweikampf bedeutet vor allem den Wallisern etwas, ein bißchen weniger den Italienern, fremden Söldnern. Abteufen sehe ich sie, und sie gehn in dem großen Rhythmus auf; aufgekratzt sehe ich sie, wie bei den Ringkuhkämpfen. Keine Zeit, daß die Röhren den schwarzen Rauch abgezogen hätten, das Pulver, die Wolke, welche die Lungen vererzt. Halsstarrige Verrücktheit, dieser Wettstreit unter den Dörfern ... Hört hin, ein Name von schrecklicher Einsamkeit, hört hin, wie das Wort ›Silikose‹ sich ausspricht. Wie viele davon befallen sind? Ich weiß nicht, das Wallis weiß.

Die Prämie, der Berg!

Zum Sturm, los, auf eure Plätze, Visionen!

Da liegen die Blöcke begraben!

Silikose? Um drei Uhr nachmittags drei Minuten Finsternis unter dem Berg Golgatha ... Ein Mann benetzt den Abräumschutt, mit einer langen Eisenstange betastet ein anderer das Gewölbe, horcht mit Armen und Händen die Wände ab, dringt in jede Rille, jeden Falz, prüft, reißt, bricht von den Felsen die wackligen Platten. Eisen scheppert, überall. Mit ihren Kippwägelchen tuckert die Stollenbahn heran. Hände stemmen einen Wagen aufs Gleis. Lampen vermatschen. Vom Trittbrett aus bedient der Maschinist seine Hebel; er führt eine mechanische Schaufel, Ungetüm von einem Maul. Mit fünf ungestümen Schneidezähnen setzt es an, schabt und verschlingt. Erhebt sich die Schaufel, möchte man meinen: eine Krone. Jene der Könige vor Christi. Fällt dann hintenüber und gießt sich das hinter die Binde: das »Material« (ist ihnen alles Material immer), den Felsenschutt. Die gleiche Bewegung machst du, wenn du an der Theke einen Sirup schnappst. Die Binde, hier ein rollender Teppich, das Förderband. Es sondert verschiedene Steinregen aus. Hoch wie Berge, schwanken die vollen Wagen, torkeln, kuppeln an und ab, manövrieren zu den Höhlen hin, die man Bahnhof nennt. Ha, das Puffen und Stocken, welch ein Rangieren! Beladen braust die Stollenbahn dem Ausgang zu, kippt über der Leere aus.

An eines dieser Mäuler erinnere ich mich, an so einen Erzbräuterich von einer Schaufel, der einen Stollen fraß. Tschumbo sein Name, achtzehn Meter sein Arm, begleitet war er von einem zugeteilten Schmierer, der ihn fettete und ölte. »Ich kenne meine Prähistorie«, sagte ich zu meinem Geometer, »doch welch ein Pleniosaurier!« – »Gezähmt«, antwortete der.

Die neue Urgeschichte, wir denken sie aus. Die Gegenwart ist uns ein X, eine Unbekannte. Wie ein Insekt klebte ich zwei Jahre lang an den Mineuren. Ihr Leben ist ein ständiger Sprung nach vorn. Immer das nächste Geleisestück schmeißen sie voran. Von hinten nach vorn gibt man die Richtung. In der Kalotte stecken Holzzapfen. Schnüre blinzeln herab. Die Lichtkegel auf die Schnüre ausrichten, hopp. »Ich sage dir: gut!« Ein Jahr lang könnten sie alle pennen, die Ingenieure, das bekämen wir von alleine hin: da hinüber kommen, die Flüsse an der Quelle packen, mit unseren Nutten uns vereinigen, mit unseren nassen Jungfern.

Ich sage dir: »Ziehe die Achse, markiere rot auf dem Stein-Bild, dem Stein-Tor die Punkte, wo die Schneiden, die Bohrer hineingehen sollen.«

He? Unsere Saltinas bändigen, was! Stücke wie die Lienne oder unsere Isis-Pissevache!

Sie bohren, sie schottern, sie sprießen, stützen ab.

– Der Fels, was ist das?

– Hat seine Überraschungen: läßt durch, und fest ist er, fest ist er auch nicht.

Die Mineure bringen das also in Ordnung: Sie legen ein

Gerüst aus, klettern auf die Wägelchen. Gegen die Wand stemmen sie einen Satz Eisenstützen, ein Brettergewölb. Dahinter werden die Betonierer ihren Segen ausgießen. Man hat es noch eiliger als vordem, muß alles gleichzeitig vorantreiben: die Schienenstöße, Gelenke, Muttern, man muß losschrauben, zuschrauben, muß (Männlein ins Weibchen) Spitzenden in Muffen zwängen, schalen muß man, Eisen zurechtbiegen, Tannenbretter einlassen. Am Werkzeug bricht der Stiel. Wenn die Wasserpumpe zu bellen aufhört, kann man fluchen. Wenn (hunderttausend Schepperbleche, die, wie ein Wasserfall, dir ins Ohr stürzen), wenn das Kartätschen der Druckluft aussetzt, kann man beten. Die Rotte in der Stollensohle richtet sich auf.

– Weitergehn, Mühsal! Geradeaus, Kraft!

Da waren zwei Berge im Wallis, Fletschhorn und Monte Leone, und wir beobachteten sie von unter der Erde. Sie rieben sich, keilten miteinander. Der Stollen trifft genau auf den Ort, an dem sie sich, wie zwei Riesen einen Sessel, den Sockel streitig machten. Sie rühren sich. »Rück weg!« Ha, und das Ergebnis? Auf Hunderten von Metern gingen, zerstäubt, die Berge als Mehl ab. Die Mineure fingen mit Sprießen an. Die dicksten Baumstämme, die aufzutreiben waren, zogen sie hoch und kamen nicht dazu, den Beton zu spritzen. Durchgebogen die Pfosten, zerrissen, zerfetzt. Versuchten es mit Eisen und Stahl, richteten Säulen auf und Strebepfeiler. Man hörte nur Knarren und Krachen. In weniger als einer Stunde fielen die Pfeiler, Einstürze folgten. Das ging ihnen an den Hals; aufgehalten von dem unsicheren Gelände, gerieten die Arbeiter aus dem Tritt. Solche Gewalten verzögerten die Neuschaffung der Welt. Schließlich wurden kubikgroße Granitblöcke bestellt, die man, über dem Kopf, stufenweise auslegte, schichtete und fügte; so kam man, ein Stützbogen um den andern, sehr langsam voran. Behutsamer Rhythmus, der Monate dauerte.

Schwarze Rhone! Ich zeichne deinen Weg, bereite dein Bett, dengle dich wie eine Sense.

Blaue Réchy, Weiße Gougra, erbarmet euch unser!

Da ist der Mann – und da ist der Unfall. Der ist überall auf der großen Wasserstraße, der großen Wasserwerft, in den gepanzerten Schächten, Brunnen, Siphons, Entsandern.

Jede einzelne Strecke ein Problem. Baustellen: Aufgepaßt auf den Handkantenschlag des Überkopfladers, auf die Sprengladungen, den Kabeltanz, auf Krankübel und Masten! Masten, sie sind die Kuh und ihr Kalb in den Lüften.

Draußen die Lawine, drinnen die Schlammflut!

Ein Ingenieur hatte es verkündet: »Bei der Errichtung des Staudamms sind soundso viele Tote eingerechnet.«

Im Halbkreis daher, ihr Toten in seinem Kopf, seiner Agenda.

Ich erinnere mich an einen kleinen abfallenden Stollen, schmal und luftlos war der. Beim Schleppen der Kompressorschläuche wurden die Jungen etwa ohnmächtig. Später diente dieser Stollen als Wasserfuhre, um das Material an den Tag zu bringen, das heißt: den zermalmten Berg. Niemand vermutete den Wassersack. Da der sich zu erkennen gibt, stürzt er auch schon als Wildbach voran. Fortgerissen, der Kleider beraubt die Jungen, hingeklatscht nackt auf die Felsenschüsse über dem Gletscher.

Und eines Mannes entsinne ich mich, der kam vor lauter Anstand um.

Unsere Stollen zu erreichen, begannen wir mit einer Forststraße. Wir sprengten, kletterten höher. Waren die Sprengstöße durch, ertönte eine Kindertrompete. Ein Arbeiter nun stand unter einer hohen Lärche, als diese zu beben begann. Schreie, unsere entsetzten Zurufe, sein Blick.

Doch mit ihren Sonnenschirmen kamen zwei Damen genau dort des Weges, wohin er sich, mit einer Kehrtwendung, hätte retten – und zur Sekunde exakt, als er hätte springen müssen. Sie über den Haufen werfen, niederwälzen, die Weibsbilder, die schönen, zu dumm, zu oberdumm! Den Baum auf dem Nacken, nicht weniger als das, weil er ob der ehrbaren Weibchen zögerte. Wie bei den Heiligen und wie im hohen Norden tötet der Skrupel auf Gebirgsbaustellen immer. Ich sah sie schweigend in den Alpenrosen sitzen, anderntags, seine Kameraden, das Bündel, geschnürt, neben sich und der Leichnam unter einer Plane, und Herbst war's, und das Wetter versprach nichts Gutes; angewidert, waren sie finster entschlossen, ohne Verzug nach Hause zu gehn, samt ihrem Toten.

»Hau ab, hier, scher dich nach Hause«, brüllt mit seiner sanften inneren Stimme zu einem jeden Arbeiter der Herr.

Zu jener Zeit zog ich die Telefonleitung. Die langen Masten lagen im Kraut, im Gebüsch, in den Schutthalden. Mit einer ultraleichten, meterlangen Gabel, vorn die engstehenden Zähne, mit so einem Ding warfen wir uns darauf. Hau ruck, gespießt, gehißt! Im Lauf hoben wir den Mast, und hopp! stachen ihn unten an, brüllend, und schoben ihn vor uns her, bis daß er sozusagen aufrecht steht und in das vorbereitete Loch fällt.

Ein Vergnügen war's, die Masten so in die Luft zu wirbeln.

Unsere Jugend hofierte die Welt. Wir und die Welt – ein gegenseitiges Zähmen, Abrichten. Der schlimmste Tod, das ist gewiß der bei einem schweren Einsturz zuhinterst in den Stollen. Wo wir, unter den Aiguilles Rouges, den Tee nahmen, brach der Berg ein. Ein Dutzend von uns eben aufgestanden, um in den Vortrieb zurückzukehren. Ein Plumpsen zu hören, dumpfes Einsacken, wie Teig, der unversehens zusammenfällt, und wir waren Gefangene. Nach einer Nacht sahen wir uns befreit, gingen mit leichter Furcht unter einem riesigen Loch durch, »Kapelle«, die sich aus dem Gewölbe entleert hatte.

Drei Alpenblumen für die verstorbenen Arbeiter!

Unsere Tage, Leben, nachgeführt stets in den Büchern des Ingenieurs!

Jacques ist eines gewaltsamen Todes gestorben, sein Bruder wird leise erlöschen. Ich gewahrte ihn am Fenster seines Häuschens, und sein Mund stand offen. Zerfressen war er. Staub füllt die Lungen, und sie legen sich wie Forellen ins Gras, die Ruheständler aus den Stollen. Die schwersten Fische eines Tals, »die vom Tunnel«, fuhren so ins Grab. Sie hatten die Flüsse gefaßt!

Die minderen Höllen dauern an.

Sancta Gougra, Sancta Réchy, ora pro nobis!

Unten am Monte Rosa: das Dorf der Witwen.

Die Herbstzeitlosen fingen zu stinken an.

Zwanzig Jahre darauf, in den Büros des Staates.

Ein Mann in Schwarz versiegelt die Verzeichnisse: dreißigtausend in den letzten Zügen, seit Beginn der »Eroberung«.

Inkognito-Massaker.

Die letzten Schatten huschen in die Keller.

Die Nacht

»Der Gletschersaum, die braune Grasnarbe, der blaue Himmel, schmeckt das nicht besser als die Reisen unter der Erde?« – »Überhaupt nicht«, gab die Bohrmannschaft zu verstehn. »Wir wollen zurück, für den Winter unterstehn!« Ich stimmte den Gegengesang an und kannte den Kehrreim, wann immer wir draußen vor den Stollen bauten. Über den Lärchenwäldern konnte man atmen, und es gab diese goldstarrende Luft, die den Durst löscht. Drinnen hätten sie die Prämien heruntergesetzt, behauptete ich und hielt dem die Bohrungen im Freien, das Verlegen von Leitungen entgegen. »Das reizt euch also nicht ...? Auch nicht die Sonne?«

Als müßte ich Mönche zum Entlaufen bringen, sie von der Rückkehr ins Kloster abhalten, so redete ich, und ihre Antworten waren vielleicht Antworten von richtigen Mönchen.

»Erstens einmal«, versicherten sie unisono, »vergeht im Stollen die Zeit schneller. Zu langes Tageslicht verdrießt dich!« Diese Verweigerung war es, die mich immer wieder erschütterte. Könnte es sein, daß die Arbeiter nicht mehr in die Welt zurückwollen? In mir drin mag es ja solche verbildende Wurzeln irgendwo geben, sagte ich mir; wie aber, wenn sie alle an der Welt so schwer trügen? Weltschmerz, ein Gran von Gift ist in den Dingen abgelegt oder in unserem eigenen Begehren; die Nacht aber birgt eine besondere Art, anzunehmen, abzuweisen. Zu ersinnen. Samenkorn zu sein. Die Übergänge sind fließend, sind erlaubt, bis hin zur Vorstellung, durch die Geburt zurück, über den Tod hinaus zu gehn. Noch ist in mir jenes Gefühl des Fortseins von allem, das in mich fuhr, als ich, mein täglicher Weg damals, als ich, alle dreihundert Meter einmal, kauernd in dem sickernden Schacht, mit bloßen Händen im verkrusteten Boden nach den metallenen Visiermarken grub. Schwindelgefühle, regelrechte, so weit weg war das! Dann und wann griffen die Hände in Scheiße, was meinen Bruch mit dem Leben vorher, gewissen Äußerlichkeiten, noch verstärkte. Wie der Totenkopf in der Mönchszelle schnitten sie mich ab, diese Scheißkegel: vom Rest, von mir selbst, vom dummen Zeug.

So weit also, was mich betraf; die anderen legten Hand an die Erschaffung der Erde. Fühlten sie an und hatten sie im Griff; doch auch sie gehorchten, ahnte ich, einer inneren Notwendigkeit, schmerzlich und gebieterisch. Aus diesen Empfindungen wohl, ringend in ihrer Brust, gaben sie der Nacht den Vorzug vor dem Tag.

Bescheiden vertraute mir einer von ihnen: »Im Stollen kenn ich alles. Nichts ist wie draußen, und ich kenne alles.« Diese Arbeit, der beschwerliche Lauf der Dinge im Innern des Berges kamen ihm entgegen.

Ein anderer hatte Krebs schon an den Lippen, und ich traf ihn, als er, auf der Terrasse eines kleinen Cafés, Abschied nahm von den Kolossen, Fels und Eis, die vor uns thronten. Wir betrachteten eine hohe schwarze Klippe, die mitten aus einem Gletscher sprang. Dort vereinigten sich die Stollen: der auf dieser Seite mein Tal molk, mit dem anderen, der auf dem jenseitigen Hang die Quellen zusammengrabschte. (Diese Wasser alle! Ich bin Poet in dem Land, hatte dennoch das Gefühl, als leerte mir einer, ein Dieb, ein Dieb, die Taschen ...). Zu uns würde er nicht mehr zurückkehren, er, der Mineur, wußte es. Mit einem Glas Weißen kommunizierten wir. »Was denn vermißt du am meisten?« – »Die Kameradschaft.« – »Und außerdem?« – »Auf anderen Baustellen, im Freien, kann man nicht so aneinandergeschweißt sein wie da drinnen.« – »Das also ist es!«

Geschwitzt habt ihr, Wassertropfen geblutet, um männliche Zärtlichkeit zu erfahren.

Ausdauernd ist zwischen den Felsen der lange schwarze Winter, die lange schwarze Plackerei. Die Mineure entgleisen in den Traum. Um Tische herum, auf der Kajütenbettstatt hörte ich ihnen zu. Nicht ohne Humor – und nicht, ohne sich selbst auf den Leim zu gehn – erfand sich ein jeder sein Stück Leben. Sie schlüpften in die Haut der großen Parvenus: »Stell dir vor, im Zug traf ich Michèle Morgan, und sie hat mich zu sich nach Cannes eingeladen.« (Ja doch, ja! die Frau, die nicht da, nicht zu haben ist, sie tut weh. Vergeßt nicht, wir sind keusch aus Not und mit Hilfe des Weines ... die anderen Mönche durchs Gebet.) Hinter der Bretterwand spitzte man die Ohren, wenn Marie, die Krankenschwester, oder Lucie, die Hilfskraft, ihr Bad nahmen. Wir hatten genug von unseren Flußfrauen, den schweren und den schmalen: den Printze, Ogenze, Darboneire! Flüsse oder Flüchtiges, Hirngespinste. »Ich habe beim Roulette dreißigtausend Franken gewonnen ...« – »Ich war Saxophonist in einem Palace, doch der mondäne Quatsch hat mich angeschissen, da kam ich hier herauf.«

So also schliddert ihr Leben: zwischen Nacht und Wein. An ihren Festen kann's hoch hergehn: wenn sie miteinander tanzen, schon Schlafende zusammenprügeln, aus dem Fenster pissen, oder wenn, am Tag der heiligen Barbara, in der Kantine der Aushang vom Morgen an verkündet: »Trinkt, soviel ihr könnt«. In den Armen des Seelsorgers fuchtelt die Handharmonika.

Die Harmonika versinkt in sich, da sie damit beginnen, einander auf den Rücken zu laden, von einer Baracke zur andern, und sie stehn weit auseinander, sehr weit, und der Gletscherwind, vom Schneesturm die Maulschellen lassen uns ernüchtert stehn »sus lou camin dou sounge«, wie ein provenzalischer Mineur ausriefe – auf den Wegen des Traums!

Zigarrenasche in die Weingläser!

Auf den wilden Baustellen bilden sich schließlich zwei Arten von Männern heraus: Väter und Gevattern. Hier zeig ich euch jene, die den Wein nicht mehr in Anschlag bringen: halb zärtlich, halb grausam versponnen in sich selbst. Wenn die Stollen sie nicht gerade zurückhalten, fahren sie mit dem Zahltag per Taxi über Land, essen an der Wirtstafel und schlafen in den Scheunen, das Taxi am Zügel, wie ein Muli, jenes Taxi, das sie an ihren freien Tagen, von Wirtschaft zu Wirtschaft, dem Gelobten Land entgegenträgt: irgendwelchen bekannten Gesichtern.

Die andern aber, meist vermögen sie Zucht zu wahren dem Wein gegenüber.

Unsere großen Werke, ohne viel Schwärmerei verstehen sie das. Und nicht zu knapp trifft sie die Ausbeutung des Menschen. Bis zu einem gewissen Punkt (»Es wird immer Arme unter euch geben ...?«) ist diese unvermeidbar. Man dürfte sich auf nichts Großes einlassen, auch auf das Leben nicht, wollte man ihr entgehn. Worauf es ankommt, ist, was die Arbeit beibringt. Der Gegenwert? Wir fordern Brot nur für eine große Kinderschar – und jenes neue Lärchenchalet. Viel Standhaftigkeit wird ihnen abverlangt, diesen Vätern, und viel Schweigen.

Abgesondert sind sie. Der Glaube kann sie nicht aufrichten wie die Bauern. Da diese sich nicht auszudrücken weiß, gibt es um ihre Unschuld wenig Aufhebens. Und Gottes Wort verstummt, verliert sich. Die Ordnung unserer Tage, mit roher Gewalt und ohne Verzug legt sie sich auf uns. Und bringt uns die Dialektik von Herren und Sklaven wieder ein.

Hier denn, was Wein und Nacht bedeuten: Hoffen und Verzweifeln.

Ich sah sie ankommen, die Mineure, am Sonntagabend, zuhinterst in all diesen Tälern. Koffer geschnürt, gestreift die Pullover. Die Häuser schon finster, als sie auf ein Glas ins letzte Café gingen. Über eine Schotterstraße, bockspringend zwischen Tannen, warfen Jeeps sie dann hoch und setzten sie bei der Benne an Punkt X oder Y ab. Rosagekleckert: vom Abendrot, vom Wein, wir hatten genug abbekommen, von der Musik, ausgekreischt hatten die Musikkästen. Stiefel, Helm, Lampe, schlammschwarze Ölhaut. Die Nachtmannschaft, nun würde sie ihren Most vergären lassen – tagsüber war die Arbeit zu maischen.

Eingezogene Köpfe, erhobene Häupter. Wie Wellen spielen die Gedanken, schwirren wie Fliegen. Was sie umtreiben mag, diese Kerle hier? Die Trennung von der Familie; das Roggenfeld, das vermißte; und daß noch die Freude ohne Widerhall auskommen muß, wie auch die Mühsal unserer Tage. Flucht nach vorn, an den Fels, und wie! Sogar wenn wir soffen und bezahlten, ließ man uns alt aussehn. Wallis, das heißt auch einsam sein unter Gleichgültigen. »Tjudit«, ruft die Drossel, »tjudit, nimmst nichts mit!« Bescheide dich mit dem Ehrbegriff meines Dorfes: sich nicht auf Gemeindekosten begraben lassen müssen ... Das Gelobte Land ist für die Händlerheinis allein.

Kameradschaft, Glaube gehn verloren.

Wallis: dummdümmliche Älplerdreistigkeit.

Ich sah sie anlegen an den verwitterten Bretterbuden, die in der Felsenflanke hangen, aufgetürmt Geschoß über Geschoß, Wespennestern ähnelnd, Zigarrenkisten oder tibetanischen Klöstern. Mit Netzen ums Kamin (die sollen vor Steinschlag schützen) und, wegen der Küchengelüste, mit einem ewigen Räuchlein von Dohlen (Mobile, möchte man sagen).

Mönche, Mönche! Freiwillig nicht ihr Exil. Sie sind den Stollen in die Falle gegangen. Schön ist die Sonne nicht, beim Lauf der Dinge. Nicht selten, daß er sich belauert fühlt, draußen, der Arbeiter, ausgespäht, überwacht. Da ist einer hinter ihm. Er hat einen Fremden im Rücken. Während man im Stollen drin völlig allein ist. Von weitem schon ist ein Aufseher ausgemacht. Er hat so eine Art, den Kopf zu drehn, die Lampe oben zu behalten. Das ferne Aufscheinen der Lampen, wie das ausgedeutet wird! Schnell hat man da heraus, ob, der da kommt, einer von uns ist oder nicht.

Eine Salve Verwünschungen demjenigen welcher …

Eine Breitseite Verwünschungen jenem Wallis, das nicht zu uns gehört.

Drei Masten, ein Kabel, eine Benne verbanden sie mit der Vergangenheit!

Zu zweit waren sie und rührten, Kilometer unter der Erde, seit zwei Wochen Beton an. In meinem Herzen bleiben sie begraben, die beiden. Doch wie sie einander anbrüllten! Sandhaufen, Zementsack. Mischen. »Was hast du mich so anzusehn, ich kann dich nicht mehr ausstehn!« Zement, Sand, Sand, Zement, Kübel Wasser. Zum Schluß erbauten sie den Turm von Babel!

Kultur bleibt ein Wort für Verräter, wenn es sich an diese nicht richtet.

Wo ist der Lästerer, der mit einem Felsbrocken auf dem Kopf verschied? Wir gruben einen Aushub, drei Meter fünfzig breit und vierzig Meter in die Tiefe. Ein umgestülpter Berg Athos. Knapp noch der Himmel zu sehn – und die Flüche gerade noch zu hören! Dreiermannschaften … Prahlen konnte der eine von uns, also, prälatenhaft, wie der angab! Unflat auf die ganze Menschheit, aber mit den Ingenieuren sooo, mit Herrn-Diesem und Herrn-Jenem sooo – und die Geste mit den aneinandergelegten Fäusten. Vom Polier kamen nur noch Vorwürfe. Regennaß wir und der Fels. Oben riß der Berg entzwei. Ein Stein rollte, traf Kumpan Lästermaul. Der andere nahm mich am Arm, und er nahm den Herrn Chefingenieur beim Arm und gab seinen Abschied.

Auslüften ging ich mich auf einer Alp.

Es gibt eine Welt des Friedens mit der Natur – doch jetzt steigen wir ab in die Räuberhöhle. Ein jeder von uns verliert sein Dorf, ein jeder bricht einen Pakt. Man kann leben, ohne Dichter von Beruf zu sein, doch kann man leben ohne die Kraft der Spiritualität? Dies denn die erste Ungerechtigkeit der Stauwerke.

Grande Dixence, Gemahlin des alten Landes, ich will dich nicht leichthin verhimmeln, noch will ich an dir mäkeln.

Alle sehnen wir uns nach ein bißchen Kraft. Indes zermalmen wir anderes. Das Schrecklichste, was, am Rand der Arbeit, ich je geschaut, waren weiß Gott jene alten Kantinenfüchse, Trauerköpfe, zahnlosen Selbstmordvisagen, kreuzlahm, zuschanden geritten von ihrer einstigen Kampfeslust, die Krüppel vor ihren Kuchenstücken, Kaffeetassen, Wein dürfen sie nicht mehr. Der Wein aber ist Marihuana, Opium, das sauberste Kokain.

Da ist nichts zu verachten. Ich möchte auf den Grund der Dinge gehn, ankratzen die sichtbare Mauer, die Dämme in all ihren Gestalten. Wenn es sich um eine Prüfung handelt, strömen Weisheit und Güte auch aus uns, den Mühseligen und Beladenen. Auf geheime Art erliegt, auf seine Art widerstrebt ein jeder der Grande Dixence, diesem Poem der Kraft. Ein Leib am Kreißen, und hinter den paar Geburtshelfern mit der Lampe sammelt sich die Menge. Ich spüre, wie sie ihnen im Nacken hockt, wenn sie noch einmal hinaufsteigen zu den Löchern in die Berge.

Sie machen sich Mut, ahnen, was ihnen fehlt, und sie pfeifen darauf, die Umleiter von Flüssen! Unsere Gesellschaft hält ihnen mehr Abgründe bereit, als Baustellen und Stollen das tun.

Wir sollten uns nicht scheuen, diese Gesellschaft zu verurteilen. Mit ihren Glanzlichtern, hochtrabend und mit falschen Versprechen, führt sie uns in Versuchung. Steine werden sich in Brot verwandeln, und die Menschen Herren sein, Könige, Meister über etwas: Unter diesen Vorzeichen zerrt sie uns alle in ihren fabelhaften Lauf nach dem Fortschritt. Wir aber setzen wieder ein, was einst so etwas wie Vorherbestimmung war, bekräftigen diese, denn es heißt, sich unterwerfen, im Räderwerk und bis zum Tode folgsam sein. Welch ein Leidensweg!

Freundschaftliche Gefühle habe ich entdeckt, von jedem für jeden. Doch muß man hiezu auch gegen die Arbeiten sein, gegen die Werke. Glaubt ihr denn, das Innenleben des letzten Handlangers zähle weniger als die riesigen Staumauern?

– Du willst die Grande Dixence korrigieren, Maurice …

– Ich lege meine Karten auf den Tisch: Die Dörfer, vom Fasten zermürbt, wenn nicht von Hunger, hatten Herz.

Matutin, Sexta, None. Die Mönche! Was also denken die Schlafwandler, die sich durch ein Rattenloch auf die Moräne hissen? Stell dich als Letzter in die Reihe, und du wirst wissen. Am Sonntagmorgen der Seelsorger, wie ich ist er am Suchen. Bart und grobe Wolle, ein Kapuziner war's, graste mit seiner schweren Kuhschelle die Schlafsäle sämtlicher Stockwerke ab. Er schwang die Glocke zur Messe. Seine Art, die Armee des Schlammes und der Wasser zu rufen, jene zu rufen, die den Flüssen einen Weg bahnen, die sie wörtlich mit Händen greifen und hinter den Damm werfen.

Ja, wir suchen ein wirkliches Wesen.

Wir kratzen, und wie nach Flöhen suchen wir nach den Legenden in uns drin.

Die Mauer

Um eine erschaffene Welt geht es. Ich rede euch von jener Welt, die noch einmal beginnt, mit dem Wimmern des Wassers, vom Licht weg.

Der Zeitkreis der Nächte ist erfüllt. Die Wasser, die wir versammeln, Ströme, die wir zur Weide führen auf die große Leere, schießen in das Krautloch Val des Dix.

Eine Mauer erreicht Gipfelhöhe.

Wenn man heraufsteigt, kommt man aus einem Felsentunnel heraus – und plötzlich ist dieser weiße Strand da, der vor dir flieht und sich, kleiner und kleiner, voll in den Himmel verzieht.

Ungeheuer ist er, riesig. Von den Obstgärten der Ebene aus habe ich ihn mit dem Feldstecher beäugt, ich sah ihn von Berggipfeln herab. Seinem Seeufer entlang gehend, drehte ich mich um. Welch stämmige Einfachheit, und erst die Spannweite dieser Betonschultern, quer ins Tal gelegt! Gegenüber hatte ich den Mont-Blanc de Cheilon, glänzend weiße Wand, sanft wie die Blume, schroff und schrecklich auch. Dem Berg gehört mein Herz, doch überlegte ich: Der andere Koloß ist geraffter, ist mächtiger. Weniger Höhe hat er, gewiß, doch mit dem, was man aus ihm ziehen kann, wird er die höchsten Gipfel bezwingen.

Ich erinnere mich, wie ich eingedrungen bin in diesen

Betonleib. Zu jener Zeit maßen meine Geometer ihn innen aus. Ein paar Tage lang begleitete ich sie. Die Dixence ist ein gigantisches Grabgewölbe mit tausend Löchern. Stockwerk auf Stockwerk legen sich ovale Gänge übereinander, schneiden sich im rechten Winkel. Der große Keller war in Arbeit. Zuunterst der langen Treppenaufstiege, Leitern, senkrechten Schächte knatterten Kompressoren. Schließlich seilten wir uns in tiefe Höhlen ab, gewundene Kamine, wo die Arbeiter dem Fels Zementmilch einspritzten. Hier und da Wildwasser noch, umtreiberisch, fahrig. Tore, Schütze taten sich auf und schlossen. Ich hörte einen Herzschlag in dieser Zelle des Heiligtums, darin der Meßanzeiger ausschlug.

Man mißt, man wägt die Riesenmasse, die um Zentimeter verrückt.

Alle haben sie wie die Insekten gearbeitet, aufmerksam waren sie wie das Meßgerät. So sah es aus, das Heldenlied. Alle taten ihre Arbeit auf tausend unbedeutenden, auf tausend wichtigen, auf tausend lächerlichen Posten (der arme Charlot, einer vom Zementbahnhof, mit seiner weißen Grimasse: Jedesmal wenn er den Deckel hob, bekam er den Staub aus den Kübeln; und so viele andere, die überrascht wurden – schon fielen sie aus den Gelenken; so viele andere, halb Handwerker, halb Automaten, ich will den einen nur anführen, wie einen traurigen Engel). Das Werk geht über die Arbeit hinaus, und letztere bewahrte stets ihre Demut und Ironie. Bis hin zu den Ingenieuren, Macher eher als Schöpfer, Träger, vielleicht, im Sinne von Briefträgern, wie bei der Post, Rechner, Bürokraten. Vor dem Aufriß von Aufgaben, die sich gegenseitig beschneiden und überwachen, erlischt die Persönlichkeit. Will man auf ein wirkliches Hirn stoßen, so das Gefühl meiner Wenigkeit hier, muß man aus der Unternehmung hinaus, muß auf die hohen Schulen zurückgreifen und noch weiter oben landen, bei den paar Wissenschaftlern, Mathematikern, die reine, an keine Interessen gebundene Forschung treiben. Solche Gelehrte erschaffen die neue Welt. Darunter sprießen Planfabriken mit fachkundigen Funktionären, mit Robotschreibern, Virtuosen manchmal, gut, um die Ideen zurechtzuschneidern. Was der Praktiker daraus ableiten kann, ist jene Welt, die mittelprächtig und phantastisch in einem ist.

Ich betrachtete die Grande Dixence und zwinkerte mit dem Auge.

»Was nützt es dem Menschen, wenn er die ganze Welt gewinnt, an seiner Seele aber Schaden leidet«: die Bibel, sagt sie das etwa für uns?

Ich glaube, man muß versuchen, die ganze Welt zu gewinnen.

Das Universum, hier bestand es aus hohen Brettertürmen. Die Talsperre wuchs, Stück für Stück richtete sie sich auf, befruchtet, geformt von diesen Türmen. Über den Lärchenwäldern erschienen, an einem Stück Kabel, die Kübel mit dem Zement, hinauf bis zu dem luftigen Haken metallener Endstation. Zur gleichen Zeit bekamen die Türme den Berg Prafleuri. Zerrührt der von den Sprengschüssen, zerpflückt von Bulldozern, in die Mühlen geschoben, die Steinbrecher, und auf dem laufenden Kautschukband zur Fabrik verschickt, in dieses intelligente Babel. Zerrieben wird unser Berg, gewaschen, auseinanderdividiert, auf vier übergroße Silos verteilt: Steine, Schotter, Kies und Sand. Diesen Haufen zugewandt, bekommt man den Eindruck, den Heiligen Vater Unternehmer im Rücken zu haben.

Der setzt auf Harmonie. Mit ihrem unterschiedlichen Material gleiten die Förderbänder voraus: von Steinbrokken zum feinen Sand, dem feuchten, Urschlamm, auf dem die Abdrücke der ersten Vögel zu bemerken wären. Ich war beim Tanz der Rüttelsiebe, wo die grünen Steine von dünnen Wasserstrahlen gekämmt werden; wie die Kobolde hüpfen und springen sie in den schüttelnden Fächern.

Die vier Arten Berg gehn zu den Mischern. Ein Befehlsstand regelt dabei Verhältnis und Druck. Dann das eigentliche Einfügen, die Kopulation der Röhren. Sie kuppeln, wobei ein gelblicher Buttenmost austritt (Riesenweiber am Kommen, möchte man sagen); dahinein wird der Zement geblasen, und die dicken Feldkessel beginnen zu kreisen. Unter dem Balkenboden, der sich auftut, warten die Silobusse. Verschlingen den Beton, werfen ihn wieder aus in die aufgereihten Kübel an der Rampe, warten auf den Start.

Die Türme kommen mit dem Staudamm nieder. Eingestanzt in meine innere Tastatur bleiben Gezisch und Atemstöße, das Nachklingen von altem Eisen, Geschnarch, Pulsschlag, Schwingungen, Gekeuch, was immer die hochgelegenen Baracken erschüttert. Motoren, das Meer. Aber auch: Auswurf, Ausruf, Elefantenschrei.

Das Innen ist der Lärm, das Draußen ist die Farbe. Einen Hafen haben wir in den blauen Himmel gebaut. Wer wird es preisen, das große Spiel? Das Jauchzen der Kabel, Schwanken von Kabinen, das Steuern dieser ganzen Fracht und die Kräne mit ihrer Gestik wie von Grashüpfern. Die ihr die weißen Hände habt, schaut sie euch an: die Baustellen!

Mit seinen Stufen weitet sich der Damm, breitet sich aus über Terrassen, durchzogen von Wassergräben. Man hält ihn frisch: wie Butter. Vorbeugen muß man sich, will man die starken Wendrohre leiten. Mein Bruder führt ein ganzes Gespann von Betonvibratoren. Abends, sagt er, spürt er die Haut wie Seide. Ich sehe es – und möchte mich am liebsten auch verdingen. Warum nur fühle ich diese festliche Freude am Werk – und unsere Drangsal, den Stachel, den kleinlichen, der den Menschen abmattet?

Die Dixence, ich begegne ihr überall, bei jedem, zauberhaft und schmerzlich. Man wird mich befördern.

Ein Papier will ich hinübertragen zu den Käfigen der Krankübel. An ihren Hebeln und Anzeigeschirmen die Führer mit den müden Adleraugen. Einer von ihnen tat mir seinen Seelenwunsch kund: die weißen Wände. Bergführer werden. Hinter ihnen spult, zuckend und pochend, die geölte Kabelrolle ab. Sie überwachen ohne Unterlaß. Es zirpt das Telefon. Sie lauschen. »Zehn Meter Richtung Haudères, fünf Richtung Sion.« Abtauchen dann. »Zwanzig, zehn, fünf, drei, zwei, eins, leeren!« Sie tun's. Der Betoneimer mit seinen fünf Tonnen, der verwandelte Prafleuri, mit seinem Schatten reist er über die ganze Baustelle; und sei es Mittag oder Mitternacht, ob taghell, Nebel oder Scheinwerfer, er steigt ab; er träfe noch einen winzigen Ausschnitt von deinem Tisch.

Eine Million mal.

Wenn ich die Augen dieser Führer sehe, durchfährt es mich jedesmal.

Ich glaube an die Unterwerfung unter das Stärkere.

Und welcher Heilige, was für eine Sonne machte unsere Augen schöner?

Überall stoße ich auf ein unversöhnliches, allgebietendes Gesetz – im Verein mit dem Mysterium unserer Freiheit. In den Schlafsälen, manchmal, wenn die Anrufung der Motoren vorbei war, sagte ich mir: Das wirklich heldische Geschehen liegt auf einer sehr einsamen Ebene. Auf der einen Waagschale die Prise Menschlichkeit, unsere, das bißchen Individuum, und auf der anderen das gräßliche Gewicht der großen Werke, der Schöpfung. Gerettet werden? Wir erleben das moderne Seelenwägen. Ein Augenblick Geduld, eine Geste der Würde, das ist schon Unendlichkeit.

Wonach uns ebenso dürstet wie die Pfarrherren: Kommunion.

Wie ich in die Grande Dixence eintrat und auf den hölzernen Masten hockte, vor den Werksanlagen am Fuß der Berge, war ich ein Dichter, der seine Rechnung mit der Vergangenheit machte. Ich hatte Angst, verrückt zu werden. An euch alle denke ich, Freunde, Kandidaten des Aus-Drucks (das Siegel von Charles-Ferdinand: Hand, die eine Traube preßt), die ihr gelitten habt, die ihr, schicksalhaft, Säufer wurdet, unzuverlässige Angestellte, Verschüchterte oder Gewaltprotze, Wahnsinnige, wer weiß, Liebende, Sünder. Hochmütige vor allem, für eure Umgebung simple Schmarotzer. In diesem Land des Schweigens hatte ich eine Gabe bekommen, doch habe ich das falsch aufgefaßt – und nun wies ich jeden höheren Wunsch zurück. Erleichtert, ein Handlanger zu sein, ja, rauch, trink, verdiene dein Geld und vergiß die Utopien, jawohl, so war's mir recht. – »Und wenn die Betondämme die einzige Wirklichkeit wären?« – Doch barg ich in mir noch genug gute und schlechte Eigenschaften und die Energie, ehrlich zu sein. Kämpfen würde ich, auf jeden Fall, mit und gegen die andern.

Als ich aber begriff, wie die Menge lebte, weinte ich in mich hinein, denn ich sah mich nicht anders. Das große Erstaunen: Menschsein, wieviel Leere das war! Und – anderer Hohn! – die Geburt in jene Hierarchie des Wohlergehens hinein, die sozialen Stufenleitern, technischen Befähigungen, nein, ich bin nicht willens, diese Schmach zu vergessen. Was immer Seele ist, erweist sich als überflüssig, Seele wird Kinderkram. Wir haben unsere Muße, die elendigliche, und unsere elenden Begierden. Am Montagmorgen fuhr ich mit dem Car zum Staudamm hinauf, mit unserem Blauen Pfeil. Lebensziele? Überleben, oder: industriell fast, Leben einfangen. Sonntags verlor ich mich manchmal. Ach, das Schmachten der Nachtigall, wir können es auch nicht halten, die Gastfreundschaft in einem kümmerlichen Weiler, ohne Hotel, Rimbauds Verse, die zum Gebet werden!

Sonntags verlor ich mich, und ich kenne meine Abenteuer: Die Poesie wird verschwinden! Ein bißchen verführt worden war ich ja, ehedem, von einem Engel, doch der hatte mir auch Leid gebracht. Nun, da ich der Diktatur der Arbeit gegenüberstand, entsprang dem etwas anderes: der Verdacht, Utopie sei überall, in allen Werken, in den verschiedensten Heimatländern, in der Berufung zum Geist, zur Vision.

Und ich vermute, uns selbst gegenüber gibt es uns gar nicht. Wenn man erst richtig denken kann, wird man dessen inne. Wie ja auch, nach landläufiger Meinung, die Seele nicht eigentlich wirklich ist. Die eigene Person, das ist ein sehr verborgener Stoff; man muß es wagen, sie irgendwie zu verleugnen. Dann bleibt eine letzte Möglichkeit, eine höhere Stufe ... Denn es gibt einen Grund für diese Leere. Jene Worte, irgendwo auf dem Türgiebel eines kleinen Tempels gelesen: »Du wirst Gott allein anbeten«, sie sengen mich.

Hier also, was es für mich heißt, sich der Stärke zu beugen. Auf so neue Art zog die Dixence mich in ihren Sog, daß ich ausrufen konnte: »Ihr Poeten alle kommt nicht über das Stadium des Genusses hinaus, gewiß steht ihr auf der irdischen Leiter heute zuunterst, bei den billigsten Werten, und den Grausamkeiten der Epoche werdet ihr so wenig widerstehn, wie ihr euren kostbaren Geschmack begreift. Euer Wort? Wie das Wasser verrückt es ständig seine Quellen.«

Ergründet einander.

Das starke Wallis und das serbelnde.

Ich nahm sie wieder auf, meine Feder, unter den Werkzeugen das schwächste und das mächtigste.

Ich tappe übers Papier, versuche, das Wesen einer unberührten, unversehrten Welt zu geben.

Man muß den Glauben haben, will man es sagen.
Man müßte, wer weiß, Dämme bauen, wie Fra Angelico gemalt hat.
Hals ab, Wasserfall,
Heilige Binna, Heilige Saltina, ora pro nobis!

Biographisches Porträt des Wallisers Maurice Chappaz

von Mürra Zabel

Symbolisiert die Geburt das künftige Schicksal eines Menschen? »Du warst mein Erstgeborener, aber du kamst mit den Füßen voran, schon blau, fast erstickt zur Welt«, beschreibt Amélie Chappaz später ihrem Sohn seinen Weg ins Leben. Nur knapp hätten Ärzte und Hebamme ihn vor dem Tode bewahren können. Amélie Chappaz war bei den Anzeichen einer schweren Entbindung nach Lausanne gebracht worden, wo am 21. Dezember 1916 der Sohne Achille, später Maurice genannt, geboren wurde.

Rückblickend bezeichnet Maurice Chappaz Martigny als seine wahre Vaterstadt. In Martigny gehört sein Vater Henry als Rechtsanwalt und Notar zu den angesehensten Bürgern. Seine Mutter Amélie, eine geborene Troillet, entstammt einer alten Juristenfamilie aus dem Val de Bagnes. Maurice Chappaz ist das älteste von zehn Geschwistern.

Die Kindheit verlebt er zwischen Martigny und Le Châble im Bagnes-Tal. Dort, am Ufer der Dranse, »einem wilden Fluß, zwischen dem Blau und dem Grün des Absinth, dessen Rauschen die großen Räume erfüllte«, steht l'Abbaye, die ehemalige Sommerresidenz der Bischöfe von

St. Maurice. Sie gehört jetzt Maurice Troillet, dem Bruder der Mutter. Der Jurist und Politiker hatte »unsere Familie adoptiert, mich ganz besonders«, erinnert sich Maurice Chappaz an die dominierende Männergestalt seiner Jugend. Zum tyrannischen Vater hingegen hat der junge Maurice eine schwierige Beziehung.

Beruf oder Berufung

Vorbelastet durch Generationen von Juristen in beiden Familien, scheint Maurice Chappaz' Leben vorgezeichnet. Er besucht das Kollegium von St. Maurice (1928 bis 1937), wo fortschrittliche Lehrer ihn schon früh mit Charles Ferdinand Ramuz und dem Surrealismus bekannt machen. Das Ende der Schulzeit erlebt er als Dilemma zwischen Unbefangenheit und Verlegenheit. Er leidet unter den gesellschaftlichen Erwartungen: »Ein Beruf war mir auferlegt von allen meinen Vorfahren ... Aber keine gesellschaftliche Stellung konnte mich reizen.«

Indes, nichts deutet auf ein Leben als Außenseiter hin. Zwei Jahre Jurastudium, anschließend Wechsel zur Literatur – erst dann folgt Chappaz seiner inneren Stimme. Er gibt das Studium auf. »Ich wählte das Schreiben.« Schon 1937 war sein erster Text entstanden: »Les merveilles de la femme«. Für den Novellen-Wettbewerb der Zeitschrift »Suisse Romande« reicht er 1939 einen Text ein: »L'homme qui vivait couché sur un banc«. Das Frühwerk wird zwar nicht ausgezeichnet, aber gedruckt. Der Autor: »Pierre« – Maurice Chappaz: »Ich wollte mein Geheimnis noch wahren.«

Ein unstetes Wanderleben beginnt. Maurice Chappaz bricht mit seinem autoritären Vater. Den Kriegsbeginn empfindet er als Erleichterung: »Die Mobilisation von 1939 löste all meine Probleme.« Den Aktivdienst in der Autonomie »einer vergessenen Sektion« erlebt er als verkehrte Welt, die gesellschaftliche Normen und Konventionen auf den Kopf stellt. Leutnant Chappaz, auf dem Großen St. Bernard stationiert, gelingt es mit List, etlichen Flüchtlingen in die Schweiz zu verhelfen.

Doch seine Ruhelosigkeit wächst. Er unternimmt ausgedehnte Velofahrten, Skitouren und Ausflüge mit dem Zug (»ohne Billet«) bis in den Jura.

Am 25. Januar 1942 begegnet er S. Corinna Bille, einer bereits bekannten Schriftstellerin. »Ich hatte Phantasie, sie Phantastisches, beide zusammen hatten wir das Absolute.« Jetzt sind sie gemeinsam unterwegs. In der Rhoneebene, im Waadtland, in Chandolin oberhalb Sierre. 1943 erstes gemeinsames Domizil in Geesch bei Raron. Am 24. Juni 1944 kommt der älteste Sohn Blaise zur Welt.

Im selben Jahr erscheint »der Bericht meiner unverhofften Freiheiten, eines Lebens, so schwerelos wie ein Rauchwölkchen«: »Les grandes journées de printemps«, (»Die Hohe Zeit des Frühlings«). Im Jahr darauf veröffentlicht er den Gedichtband »Verdures de la nuit«. Diesen Gesang an die drei Körper Frau, Erde und Nacht nennt Charles Ferdinand Ramuz »chaste« – keusch.

Maurice Chappaz ist ständig unterwegs: »Ich lege zwischen meinen Unterkünften 20, 30 oder 50 Kilometer zurück, als wäre es die natürlichste Sache der Welt, gerade so als ginge ich am Kiosk Zigaretten holen.« Er lebt ohne Zeitgefühl, dennoch wird das Schreiben immer mehr zum Luxus: »Meine wilde Familie legalisierte sich 1947, bestand bald aus zwei Schriftstellern und drei Kindern (geboren 1944, 1948 und 1950).« Auf dem Gipfel der Existenzsorgen erhält er eine kleine Summe, mit der er eine Unterkunft im Pfynwald errichtet.

1951 bis 1953 verwaltet Maurice Chappaz die Rebberge der Troillets in Fully. Der Konflikt zwischen den Erwartungen seiner Umwelt und den eigenen Ansprüchen als Dichter wächst. Von den Aufgaben als Winzer gefordert, bleibt immer weniger Zeit zum Schreiben. Er flüchtet auf lange Wanderungen: »Manche sagten, ich hätte den Wandertrieb.« Die Mutter, Amélie Chappaz-Troillet, stirbt 1952. Chappaz treibt immer schneller im Strudel der Verzweiflung.

Die Dixence und der Dichter

Sein Versuch, Heil im Schreiben zu finden – er füllt Heft um Heft mit Notizen und Entwürfen –, mißlingt. Das Vermächtnis seines Vagabundenlebens erscheint 1953: »Testament du Haut Rhône«: »Vorgegeben war mir, durch die Berge zu ziehn, die meine Weltdeutung wurden.« Er hört erstmals von Staudammbauten im Gebirge. Auf dem Höhepunkt der Krise – »Ich lebte hinter einer Glasscheibe« – der Entschluß: »Ein Arzt riet mir zur Couch. – Ich wählte die Dixence.«

Zwei Jahre im »topographischen Dienst des Königreichs Dixence« werden zur heilsamen Gewaltkur. Sie vermitteln ihm endlich die Gewißheit, daß »die Feder des Dichters genauso die Wirklichkeit berührt wie irgendein anderes Instrument«.

Ein Jahrzehnt der Gärung und Reifung folgt, dann endlich bricht das Gedicht »Le chant de la Grande-Dixence« aus ihm heraus. Es erscheint 1965.

Wurzeln in Veyras

Nach der Rückkehr aus dem Val d'Hérémence erbaut er mit dem mütterlichen Erbe »la maison rose« in Veyras-sur-Sierre. Dort wird die Familie zwei Jahrzehnte wohnen. Die Begegnungen mit dem Tod – 1959 sterben die Schwester Marie-Thérèse und Corinna Billes Vater Edmond, im Jahr darauf Henry Chappaz und 1961 Maurice Troillet – beschwören eine neuerliche Krise herauf. Aber diesmal sind die schöpferischen Kräfte stärker. Mit dem väterlichen Erbe kann der im Wallis verwurzelte Chappaz endlich seinen Traum erfüllen, »Geld in Wiesen, Hänge und Wälder« zu verwandeln.

In diesen Jahren erscheinen mehrere Bücher von Maurice Chappaz. 1960 »Le Valais au gosier de grive«. 1965 neben der »Grande-Dixence« das »Portrait des Valaisans en légende et en vérité« (Deutsch von Pierre Imhasly, 1969: »Die Walliser«). 1966 »Tendres Campagnes« und »Office des morts«. Die Zusammenarbeit mit dem Verleger Bertil Galland erlebt Chappaz als Glücksfall: »Ich wurde zum populären Autor. Natürlich nur auf der Insel, der Romandie.«

Haß und Huldigung

In den Jahren der Wanderschaft hatte Chappaz seine Umgebung beobachtet, seismographisch jede Veränderung registriert: den Landhunger der Armee, die Verschmutzung der Luft durch »l'usine« (»die Fabrik«: Alusuisse), den Griff der Tourismusindustrie nach den Viertausendern, das betonierte Rhonetal. Chappaz kann nicht tatenlos zusehen, wie »sein Wallis« zerstört wird. Zum erstenmal hatte er 1948 die Stimme erhoben, als die Armee den Pfynwald beanspruchte. Neuerlich prangert er in den sechziger Jahren in Artikeln Umweltzerstörung, Profitgier und Spekulantentum an. 1968 veröffentlicht Maurice Chappaz eine »Fabel zum Jubiläum der katholischen Kirche: Zweitausend Jahre in den Bergen in 36 Bildern«: »Le match Valais-Judée« (Deutsch von Pierre Imhasly, 1976: »Rinder, Kinder und Propheten«). 1976 erscheint »Les maqueraux des cimes blanches« (»Die Zuhälter des ewigen Schnees«, übersetzt von Pierre Imhasly, 1976). Die schwefelgelb gebundene Streitschrift begründet endgültig Chappaz' Ruf als Pamphletist, auch in der übrigen Schweiz. Im Wallis löst sie eine Lawine des Hasses ultrakonservativer Kreise gegen das Schriftstellerpaar Chappaz–Bille aus. »Die Mafia der weißen Gipfel« reagiert hysterisch. »Vive Chappaz« aber sprayen die Studenten des Kollegiums St. Maurice unübersehbar auf die Felsen über der Rhone. Auch später noch, so im Savro-Skandal, brandmarkt Chappaz das »Western-Wallis«. Doch äußert er sich seltener. In einem Interview erläutert er resigniert seine Erkenntnis: »Nur die Krise selber kann die Änderung bringen.«

Reisen und Reportagen

Der aufmerksame Beobachter Maurice Chappaz ist ein ebenso aufmerksamer Reisender. Im Mai 1968, beim Ausbruch der Studentenunruhen, befindet er sich in Paris. Im selben Jahr reist er nach Lappland. Er folgt einer Einladung in den Libanon und zu seinem Sohn nach Afrika. 1969 erscheint der Briefwechsel mit dem Schriftsteller J. M. Lovay »La tentation de l'Orient«. Asien zieht Chappaz an. 1970 fährt er auf dem Landweg nach Nepal und entdeckt die Gemeinsamkeiten der Gebirgsvölker. »Wenn ich wiedergeboren werde, dann in Tibet«, wünscht er sich. Und als ihn später ein Journalist fragt, ob er außerhalb des Wallis leben könnte, antwortet Chappaz: »Wenn ich irgendwo gerne gelebt hätte, dann in Nepal.« Seine Reiseerfahrungen erscheinen als Artikel in verschiedenen Tageszeitungen. Aber Chappaz entdeckt auch in seiner unmittelbaren Umgebung stets neue Dimensionen. 1975 veröffentlicht er »Lötschental secret« (»Lötschental«, übersetzt von Pierre Imhasly, 1979).

1974 erscheint »Haute Route« (Deutsch von Pierre Imhasly: »Haute Route«, 1984), das Buch seiner Leidenschaft, der Sucht nach der Droge Berg. Die Reportage einer Langlaufski-Tour von Basel nach Genf »La Haute Route du Jura« kommt 1977 heraus (1985 auf deutsch).

1979 bereist das Schriftsteller-Paar Chappaz–Bille Rußland. Nach der Rückkehr erkrankt Corinna Bille und stirbt wenige Wochen später: »Der Tod ist eingetreten, er hat sich mit zugesellt am 24. Oktober 1979, als sich Corinna lächelnd auf die Reise begab.« Corinna Billes Tod markiert eine Zäsur im Leben des Dichters.

Rückkehr und Rückzug

Maurice Chappaz kehrt zurück in die Abbaye, die schon häufig sein Ort der Zuflucht gewesen war. Im »Glücksspiel der Erbschaft« ist sie ihm zugefallen.

1981 bereist Chappaz auf Einladung des chinesischen Schriftstellerverbandes China und Peking. Seine Erlebnisse schildert er in Zeitungsberichten. Doch es wird ruhiger um den Dichter. Chappaz bereitet die Herausgabe von Corinna Billes Gedichten vor und arbeitet an einem Buch über die Dichterin: »Le livre de C« erscheint 1986.

Die Rückkehr in die Abbaye markiert auch einen inneren Rückzug. Chappaz führt Tagebuch, gründlich und ausführlich: »Nicht um herauszufinden, was mein Leben ist, sondern was *ein* Leben ist. Denn das Grundmuster ist immer dasselbe.«

Das Wallis verleiht dem Walliser Dichter Maurice Chappaz am 17. Januar 1986 den Staatspreis.

In der Festschrift bekennt Maurice Chappaz:

»Ich bin kein Zuschauer.
Ich habe geliebt und war schöpferisch.
Und ich schreibe, um zu leben.«

Auszeichnungen

Grand Prix de l'Académie rhodanienne 1948
Prix Rambert 1953
Prix de la Ville de Martigny 1966
Jubiläumspreis der Schweizerischen Bankgesellschaft 1969
Prix des rencontres poétiques internationales, Yverdon 1984
Walliser Staatspreis 1986

Die Zitate stammen aus:

Maurice Chappaz: »Pages choisies«, Alfred Eibel, 1977
Jean-Paul Paccolat: »Maurice Chappaz«, Editions Universitaires Fribourg, 1982
Maurice Chappaz: »Testament der oberen Rhone«, übersetzt von Pierre Imhasly
Maurice Chappaz: »Qu'est-ce que l'écriture?«, Festschrift anläßlich der Verleihung des Walliser Staatspreises, Januar 1986

Bitte beachten Sie
die folgenden Seiten

Literatur aus der Schweiz

Die große Liebe zwischen der Schweizer Journalistin Elena Caprez und dem erfolgreichen deutschen Verleger Felix Meyenberg findet ein dramatisches Ende. Jahre später, an der italienischen Riviera, bekommt das ungleiche Paar eine zweite Chance. Doch das Leben in Porto Maurizio, der neue Job als Maklerin und die Freundschaft mit ihrem Vermieter Leo und den anderen Dorfbewohnern haben Elena verändert.

Silvia Gillardon
Der Zweitliebste
Roman
336 Seiten
Ullstein TB 24445

Billie und Joe lernen sich auf dem Rummelplatz kennen und sind fortan ein Paar wie Pech und Schwefel. Gemeinsam träumen sie von der großen, rauschhaften Liebe, die keine Grenzen kennt, und vom Ausbruch aus der Wirklichkeit des Alltags. Doch als Billie schwanger wird, können sie sich der Realität nicht länger entziehen.

Martin R. Dean
Die Ballade von Billie und Joe
Roman
208 Seiten
Ullstein TB 24436

Ullstein Taschenbuch

Literatur aus der Schweiz

S. Corinna Bille gehört zu den bedeutendsten Westschweizer Autorinnen. Ihr literarisches Augenmerk galt zeitlebens den Einzelgängern, Mißverstandenen, Überzähligen und Verzweifelten, die in ihrem Schicksalsraum Dorf ausgegrenzt wurden, nicht mit ihren Nöten bei den anderen auf Verständnis stießen oder sie so lange verschwiegen, bis die Katastrophe unvermeidlich war.

S. Corinna Bille
Ländlicher Schmerz
Erzählungen
208 Seiten
Ullstein TB 24428

»Man darf nicht bei denen sein, die sich vor der Macht ducken.« Nach diesem Motto versucht Simone Wander, eine erfolgreiche Untersuchungsrichterin und moderne, unabhängige Frau, gegen den Willen ihres Vorgesetzten einen als Unfall getarnten Mord aufzuklären. Wüßte sie es nicht besser, sie würde an ein Komplott zwischen der Untersuchungsbehörde und einem Chemiekonzern glauben. Doch dann wird ihr der Fall entzogen...

Verena Wyss
Die Untersuchungsrichterin
Roman
200 Seiten
Ullstein TB 30402

Ullstein Taschenbuch

Anne Cuneo
Dark Lady
Ein Roman um Shakespeares große Liebe
Aus dem Französischen von Peter Sidler
400 Seiten, gebunden
Limmat Verlag
ISBN 3-85791-319-3

Wer ist die »Dark Lady« der Sonette Shakespeares? Emilia Bassano – die stolze Frau, die Musikerin und Englands erste Autorin, die veröffentlicht wurde. Um sie, die große Liebe des großen Theatermannes, kreist Anne Cuneos historischer Roman. Er läßt den farbigen Alltag der elisabethanischen Epoche wiederaufleben, das turbulente Leben um das Globe Theatre, und in dessen Mittelpunkt Shakespeare – schreibend, spielend, inszenierend, reisend, liebend...
» Jede Seite des Buches ist eine Liebeserklärung an das Theater und an die Literatur. »
Le Nouveau Quotidien, Lausanne

Anne Cuneo
Der Lauf des Flusses
Das Leben und die Abenteuer des Francis Tregian, Gentleman und Musiker
Aus dem Französischen von Peter Sidler
620 Seiten, gebunden
Limmat Verlag
ISBN 3-85791-233-2

Francis Tregian lebte in Cornwall zur Zeit der Königin Elisabeth, jener Königin, die Maria Stuart hinrichten ließ. Seine Familie war katholisch, sein Vater wurde deshalb ins Gefängnis gesteckt und der Familienbesitz beschlagnahmt. Der junge Francis floh nach Frankreich, später tauchte er in Mantova auf, lebte in Rom, Amsterdam, Antwerpen, Basel, Paris und wiederum in England – die Geschichte Europas war Teil seines eigenen Lebens und seiner Familie geworden. Und er spürte, am Ende einer Epoche zu leben und war neugierig auf das, was ihm die Zukunft bringen sollte.
»Ein literarisches Ereignis!« *Tages-Anzeiger,* Zürich